Mädchen

Annet Schaap (geboren 1965 in Ochten) hat schon gern gezeichnet, als sie noch sehr klein war. Und wenn sie später Bücher las, malte sie selbst Bilder dazu. Darum ist es nicht verwunderlich, dass sie nach dem Gymnasium an die Kunstakademie ging. Erst studierte sie fünf Jahre in Kampen und dann noch ein Jahr in Den Haag. Seit 1990 arbeitet sie als Buchillustratorin. Ihre Bilder zeichnet sie mit Bleistift vor und arbeitet sie dann in Tusche oder mit Aquarellfarben aus. Sie hat über 200 Bücher illustriert, darunter weithin bekannte Werke. 2017 wurde für Annet ein lange gehegter Traum wahr: Mit »Emilia und der Junge aus dem Meer« erschien ihr erstes selbst geschriebenes Kinderbuch, das sogleich ein großer Erfolg wurde. (www.annetschaap.com)

Eva Schweikart ist ausgebildete Übersetzerin. Nach einigen Jahren im Verlag machte sie sich 1997 als Literaturübersetzerin selbstständig und übersetzt seitdem mit Begeisterung sowohl Bücher für Kinder und Jugendliche (von so bekannten niederländischen Autoren wie Paul Biegel, Sjoerd Kuyper und Jan Terlouw) wie auch für Erwachsene. Für »Emilia und der Junge aus dem Meer« wurde sie mit dem Christoph-Martin-Wieland-Übersetzerpreis 2019 ausgezeichnet. (www.eva-schweikart.de)

Mehr über unsere Bücher, Autor*innen und Illustrator*innen auf: www.thienemann.de

Die Übersetzung des Buches wurde von der Niederländischen Stiftung für Literatur gefördert.

Nederlands letterenfonds
dutch foundation for literature

Annet Schaap

Mädchen

Aus dem Niederländischen
von Eva Schweikart

Thienemann

Für meine anderen Schwestern:

Fredrike
Jenny
Anne Mirja
Trudy
Dette
Janneke
Peet
Inge
Judith und Lynn
Annemieke
Ivette
Cécile und Mirjam B.

Inhalt

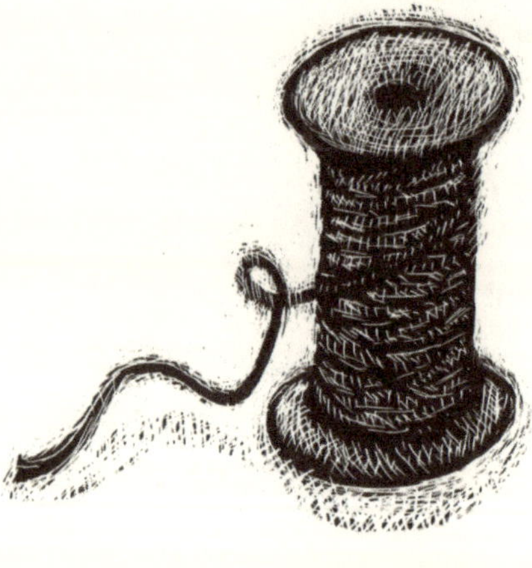

Herr Pelstil

Gold

Das Mädchen sitzt im sonnigen Hinterzimmer am Spinnrad. Es ist Nachmittag, das Licht ist weich, und alles ist gut. Die Kartoffeln sind geschält, die Suppe steht seit Stunden auf dem Herd, und ihre Mutter liegt schon so lange im Grab, dass es normal geworden ist und fast nicht mehr schmerzt. In der Mehlkammer pfeift ihr Vater.

Der Wind trägt den Geruch von gemähtem Gras heran, das in der Sonne liegt, und von warmem Stroh.

Ein Prinz kommt, denkt sie, wie sie das sehr oft denkt. Ein Prinz von weit her, der mich abholt. Sein Pferd so weiß wie seine Zähne. Und ich darf vorn aufsitzen. Dann galoppieren wir dahin, seine Arme warm, sein langes Haar so golden wie Stroh, er lässt mich nie mehr los, ich lieb ihn ja so.

Nur selten sind Männer auf dem Weg bei der Mühle

unterwegs. Eigentlich nur ihr Vater, wenn er Mehl ausliefern muss. Die Mühle liegt fernab von allem.

Aber träumen kann ein Mädchen immer, und an diesem Nachmittag scheint der Traum wirklicher als der Sommertag. Von überallher duftet es so sehr nach Liebe und Stroh, dass sie Pferdegetrappel zu hören meint. Sie spitzt bereits den Mund ein wenig für den Moment, in dem es nötig ist. Als Mädchen sollte man vorbereitet sein.

Der Nachmittag ist so weich, dass sie leicht mit den Händen durchgreifen kann, nach dem, was dahinter ist, und ehe sie sich's versieht, spinnt sie aus ihren Gedanken einen goldenen Faden.

Der Traum hat immer auch einen Teil zwei: der Antrag. Und einen Teil drei: die Verlobung! Wenn genug Zeit ist, lässt er sich noch weiterspinnen: die königliche Hochzeit, die Flitterwochen und dann: ein langes glückliches Leben. Der Faden wird immer länger. Er glitzert in der Sonne.

Kurz vor der Hochzeitsnacht müssen die Kartoffeln aufgesetzt werden. Sie wickelt den Faden auf eine Spule und steht auf, um das Herdfeuer zu schüren.

»Das hast *du* gemacht? Wirklich?« Der Müller schaut seine Tochter an, als sähe er sie zum ersten Mal. Sie? Seine verträumte, träge Tochter? Die dauernd alles vergisst, die nie etwas Interessantes zu erzählen weiß ... Ausgerechnet sie soll das auf einmal gemacht haben? »Gesponnen, sagst du. Aber wie?«

Sie murmelt etwas Unbestimmtes. Eine Geschichte mit Anfang, Mitte und Ende hört er selten von ihr.

Mit seinem dicken Finger streicht er über den Faden. Fein ist er.

Gut gemacht, könnte er sagen. Oder: Was du alles kannst! Aber so eine Art Vater ist er nicht. Er hält ihr lieber vor, was sie falsch macht und was noch besser werden muss. Ein Lob würde ihr bloß zu Kopf steigen.

»Die Kartoffeln könnten weicher sein«, sagt er und zerkaut gleich zwei auf einmal.

»Ja, Vater.« Sie nickt und isst weiter, ganz die brave Tochter, die sich nichts einbildet.

Die Spule steckt er in seine Tasche.

Dann vergisst er sie für eine Weile. Erst als er, wie jede Woche, Mehl beim Königspalast abliefert, erinnert er sich wieder daran.

Ein hochgewachsener Oberlakai betrachtet die Säcke stirnrunzelnd.

Ach ja, stimmt, denkt der Müller. Das letzte Mal war ein Wurm im Mehl. Ein einziges Würmchen. In einem ganzen Sack, was ist das schon? Man schmeckt es nicht, das weiß er aus Erfahrung. Aber wer muss dafür geradestehen? Wie immer? Genau: er!

»Eine einzige Chance hast du noch«, sagt der rotbejackte Schlaks. »Sonst sehen wir uns nach einer anderen Mühle um. Das hast du nicht vergessen, oder?«

Natürlich hat er das nicht vergessen. Bloß hatte er keine Zeit, den Mahlgang in Betrieb zu setzen, darum ist das Mehl von dieser Woche mehr oder weniger das Mehl von letzter Woche. Das er natürlich hätte durchsieben können. Woran er natürlich hätte denken sollen. Tja nun ...

Der Lakai holt ein kleines goldenes Sieb hervor, ein Sieb mit klitzekleinen Löchlein. Und die Würmer werden nach einer Woche Mehlfressen nicht kleiner geworden sein.

Der Müller kommt ins Schwitzen. Jetzt muss er schlau sein, sich etwas ausdenken! Er gibt sich selbstbewusster, als er ist, und schiebt die Hände in die

Taschen. Dort finden seine Finger die Spule. »Übrigens ... äh ... Herr Piet«, beginnt er langsam.

»Pierre«, korrigiert der Lakai.

»Da wir uns gerade sehen, Herr Pierre ... Ich hätte da ... äh ... vielleicht was.«

Der lange Lakai tut so, als hätte der Müller nichts gesagt, und fummelt an der Schnur des ersten Sacks herum.

»Etwas ganz Besonderes, ein ... äh ...« Der Müller spürt, wie seine Achseln unter dem Hemd triefen. »... ein Sonderangebot sozusagen, ich habe nämlich ...«

Er könnte genauso gut nichts sagen. Der Lakai bewegt das Sieb auf das Würmergewimmel zu, das vermutlich im Sack entstanden ist. Eins-zwei-drei und es ist drin. Vier-fünf-sechs und seinereiner ist den Job los.

»Gold!«, presst der Müller hervor. »Gold habe ich für Sie!«

Die Hand mit dem Sieb hält inne. »Gold?«

»Ja! Ja!« Der Müller nickt sich fast den Kopf vom Hals. »Echtes Gold! Viel!«

»Und das soll ich glauben?«

»Ja! Ich beweise es! Sehen Sie nur!« Zitternd holt er die Spule hervor. Was hat er eigentlich anzubieten?

Neulich schien es Gold zu sein. Aber echtes Gold, das geht ja nicht, das kann seine Tochter doch nicht einfach spinnen. Niemand kann das.

Der Lakai mustert den Faden mit zusammengekniffenen Augen. Wickelt ein Stück ab. Riecht daran.

»Ich kann noch mehr davon beschaffen«, beeilt der Müller sich zu sagen. »Für Sie. Für Ihren Herrn. So viel Sie wollen!«

»Hast du etwa eine Goldmine auf deinem kargen Feld entdeckt?« Der Blick des Lakaien ist verächtlicher als verächtlich, aber seine Hand steckt das Sieb wieder weg.

»Keine Mine ... mine ... äh ... meine ...«

»Was laberst du da, Müller?«

»Mein Kind, meine Tochter. Sie hat das gemacht.«

»Deine Tochter?«

»Meine wunderbare Lieblingstochter.« Der Müller seufzt. Ach, wie er sie auf einmal liebt.

Zum zwanzigsten Mal betrachtet der König die kleine Spule in seiner Hand. Er kneift die Augen zu Schlitzen.

Ob das stimmt?, denkt er. Ob das wirklich Gold ist? Das wäre eine fantastische Hilfe.

Man kann ein Königreich nur bis zu einem gewissen Grad rupfen. Und der schöne üppig befiederte Pfau, der sein Land einst war, ist jetzt ratzekahl. Steuern, Verordnungen, Bußgelder für fast alles – mehr kann ein Herrscher doch nicht tun. Geld leihen, ja, das hat er auch getan, viel mehr als vernünftig war. Die Geduld seiner Gläubiger geht langsam zu Ende.

Und sich etwas von dem zu versagen, was ihm so wichtig ist, seine Kleidung, die Vorspeisen und Beilagen, die Palasteinrichtung, seinen gesamten Lebensstil gar, das ginge zu weit. Oder nicht? Das alles hat er sich wahrhaftig verdient, indem er ... der Herrscher ist, der er ist. Und dieser Herrscher ist nun einmal an seine Garderobe gewöhnt, an seine vielgängigen Menüs und speziell daran, was diese Dinge über ihn aussagen: dass er alles im Leben gut gemacht hat.

Also kann er sich nicht die geringste und unwahrscheinlichste Chance zur Aufstockung seiner Finanzen entgehen lassen.

Zum einundzwanzigsten Mal betrachtet er die Spule, die sein Lakai ihm gebracht hat. Und er nickt.

»Zu Pferd, Majestät?«

»Zu Pferd, Pierre.«

Stroh

Ein anderer Nachmittag. Schon fast herbstlich, es nieselt, und die Wolken hängen tief.

Das Mädchen sitzt auf demselben Stuhl, aber mit dem Träumen klappt es heute nicht recht. Ihr Vater benimmt sich seltsam, und sie weiß nicht warum. Ständig kommt er herein, wirft ihr einen kurzen Blick zu und setzt sich dann wieder draußen auf die Bank.

Als sie aufsteht und zur Hintertür geht, rennt er ihr nach.

»Wo willst du hin?«

»Nirgendwo.« Wo sollte sie schon hin?

»Dableiben«, sagt ihr Vater. »Nicht weggehen.«

»Aber die Hühner müssen gefüttert werden.«

»Die Hühner können warten. Setz dich wieder hin. Spinn ein bisschen oder so.«

»Die Wolle ist alle«, sagt sie. »Schon eine ganze Weile.«

»Woraus hast du dann letztes Mal, also letzte Woche, das … äh … den Faden gesponnen?«

»Ach, aus irgendwas. Einem Büschel Stroh.«

»Stroh … genau.« Er nickt und schaut zum x-ten Mal den Weg entlang.

Das Mädchen will nicht klagen, aber sie hatte sich das Ganze doch völlig anders vorgestellt.

Erst schien alles richtig zu laufen. Sie war erstaunt gewesen, als Männer in Mänteln mit Pelzkrägen und Soldaten mit Helmen und Lanzen ins Zimmer kamen, aber wirklich überrascht hatte es sie dann doch nicht.

Weil sie wusste, dass es eines Tages geschehen würde.

Allerdings hatte sie sich immer vorgestellt, dass es im Freien geschehen würde und er aus irgendeinem Grund als schlichter junger Mann verkleidet wäre, als Hirte vielleicht, aber dass sie ihn trotzdem an seinen schönen blauen Augen erkennen würde, an den edlen Gesichtszügen und dem gebieterischen Ton, wenn er zu den Schafen sprach. Und dass sie sich Knall auf Fall ineinander verlieben würden, noch ehe er sich zu erkennen gegeben hätte.

Kommst du mit mir in meinen Palast?, würde er mit einem so liebevollen Blick fragen, dass sie auf der Stelle dahinschmelzen würde.

Dass der König vor ihr stand, hatte sie sogleich an seinem Hermelinmantel und der Krone gemerkt. Ansonsten eher nicht. Denn er hatte eine beginnende Glatze, und seine Zähne waren nur einigermaßen weiß.

Er hatte ihr die Hand hingehalten, wie sie es erträumt hatte, aber nicht, um ihre zu ergreifen oder um ihr einen Ring anzustecken. Vielmehr so, als wollte er etwas haben.

Mehr Goldfaden? Nein, das hatte sie nicht.

»Aber sie macht sofort mehr!«, rief ihr Vater aus der Küche. In dem kleinen Zimmer war kein Platz mehr für ihn.

»Du kannst das tatsächlich, Mädchen?« Endlich sah der König sie direkt an. Seine Augen waren genau richtig. Klarblau wie ein See. »Wie hast du es gemacht?«

»Gesponnen eben.« Ihre Stimme versagte fast.

»Nun gut«, sprach der König. »Nehmt sie mit in den Palast.« Er zog ein Taschentuch aus dem Ärmel und hielt es sich vors Gesicht. Um seine Rührung zu verbergen, hoffte sie, aber er schaute drein, als würde es im Zimmer stinken.

»Und mein Lohn?«, rief ihr Vater aus der Küche.

»Klappe, Müller!«, schnauzte der Oberlakai. »Erst sehen, dann glauben.«

»Aber dann bezahlen!«, hörte sie ihren Vater noch sagen.

Zeit zum Abschiednehmen war nicht mehr geblieben.

Das Pferd des Königs war weiß, immerhin. Sie musste jedoch hinter einem der Soldaten aufsitzen. Der andere hatte ihr Spinnrad an sich genommen. Sie gab sich Mühe, das Ganze schön und romantisch zu finden. Doch das war nur ein wenig geglückt.

Was hatte sie sich eigentlich vorgestellt? Ein eigenes Zimmer mit prächtiger Aussicht? Das Bett des Königs? Sie hat wirklich keine hohen Ansprüche. Eine kleine Kammer im hinteren Teil des Palasts, wo sie sich bis zur Bekanntgabe der Verlobung aufhalten konnte – mehr hatte sie nicht erwartet.

Aber das ...

Das Kellergeschoss ist feucht. Wohin die niedrigen dunklen Gewölbegänge führen, ist nicht zu sehen. Zu hören ist aber alles. Als der Lakai die Tür abschließt, wird das Schlüsselknarren von den Pfeilern als Echo hin und her geworfen, immer wieder hin und her.

Zittrig streicht sie über das Spinnrad. Das wenigstens ist von zu Hause und ein kleiner Trost.

Sie war erschrocken, als ihr klar wurde, was der König wollte.

»Mehr G-G-Gold spinnen? Jetzt? Hier? Das kann ich nicht.«

Er hielt ihr die Spule vors Gesicht, blau wie zwei Seen schauten seine Augen sie an.

»Das hast doch du gemacht, nicht wahr?«

Sie nickte.

»Also, dann kannst du es ja.«

Sie zuckte mit den Schultern. »Damals ja. An dem einen Nachmittag.«

»Wo ist das Problem? Du hast dein eigenes Spinnrad. Und Stroh ist Stroh. Oder war es ein besonderes Stroh?«

Sie schüttelte den Kopf.

»Nun denn. Gib dir Mühe. Wir sehen uns morgen früh.«

»Aber ...« Sie blickte von dem Spinnrad und den zwei großen Strohballen zum König, der sich bereits halb umgedreht hatte. »Warum ...«

Plötzlich verstand sie. Er wollte sie auf die Probe stellen, ganz klar, und sehen, ob ihre Liebe unerschütterlich war. Darum nickte sie. »Sie können sich auf mich verlassen, Majestät«, hatte sie mit fester Stimme gesagt. Doch er war schon zur Tür hinaus.

Wir sind natürlich noch bei Teil eins: die Begegnung.

Und das hier ist Teil eins a: die Prüfung. Teil zwei, der Antrag, kommt erst morgen. Wenn ich getan habe, was er will, wenn ich meinen Wert bewiesen habe. Morgen früh.

Wird es schon Morgen? Im Keller ist es nach wie vor dunkel, obwohl viele Stunden vergangen sein müssen. Sie hat wirklich ihr Bestes gegeben. Ihre Finger sind ganz wund davon.

Aber das Stroh bleibt Stroh.

Um sie herum liegen zerknautschte Strohbüschel, verklebte Strohknäuel und blutverschmiertes Strohgefussel. Kein geschmeidiger, dünner und seidenweicher Faden.

Von Gold ganz zu schweigen.

Als ihre Hände nicht aufhören wollen zu bluten, kann sie die Tränen nicht mehr zurückhalten.

Wie hat sie das an jenem Nachmittag nur gemacht? Sie weiß es nicht mehr. Die Sonne hatte geschienen, sie hatte ein Lied gesummt, und das Spinnen war wie von selbst gegangen. Ohne dass sie darauf achtete, hatten ihre Hände es gemacht. Einfach so.

»Macht es noch mal, ihr Hände! Bitte!« Sie schüttelt

die Finger, sodass Blutstropfen umherspritzen, und wischt sich über die Nase. Jetzt ist alles voller Blut und Rotz und Strohfitzelchen.

So kann sie dem König unmöglich unter die Augen treten! Bei diesem Gedanken muss sie laut aufschluchzen.

»Ich kann es nicht!«, ruft sie. »Ich kann es einfach nicht. Ich kann überhaupt nichts.«

Das Echo wirft ihre Sätze von Pfeiler zu Pfeiler durch den finsteren Keller.

Nichts, hallt es. *Nichts kannst du, nichts.*

In das letzte Nichts hinein klingen Schritte, leicht und leise wie Mäusegetrippel. Beim Näherkommen werden sie ein wenig lauter.

Da kommt wer!

»Ach je, Tränchen? Tränchen in der Nacht?« Aus der Dunkelheit tritt ein kleiner Mann. Sein weißes Haar ist ordentlich gekämmt, er trägt einen Anzug mit grauen Nadelstreifen, und die Krawatte ist rot. »Weinende Mädchen, das gefällt mir gar nicht.«

Ich weine nicht, will sie sagen, aber es stimmt ja. Rasch fährt sie sich übers Gesicht, doch davon wird es nur noch schmutziger und nasser.

Das Männchen steht nun nah bei ihr – sein Kopf reicht ihr bis zur Schulter – und mustert sie forschend.

»Du siehst ja verboten aus. Schnäuz dich, leg etwas Puder auf und richte dein Kleidchen. Was gibt es zu flennen?«

Aus der Innentasche seines Jacketts holt er ein kleines Spitzentaschentuch und legt es auf ihr Knie. Sie schnäuzt sich damit – es ist viel zu klein für alles, was da aus ihrer Nase kommt. Schnell knüllt sie es zusammen und hofft, dass er es nicht wiederhaben will.

»Also: Was, um Himmels willen, ist los? Welchen Grund zum Weinen hat ein hübsches Dingelchen wie du?«

Mit dem nassen Taschentuchknäuel zeigt sie auf die zwei großen Ballen. »Es ist, es ist kein G-G-Gold«, stammelt sie.

»Klar, das sehe ich. Stroh ist das. Und was weiter?«

»Ich soll G-G-Gold daraus spinnen …«

»Gold? Gold aus Stroh?« Das Männchen lässt ein Kichern hören. »Was für eine Schnapsidee!«

»Ich habe es versprochen!«

»Wem, dem König? George?«

Sie nickt. »Er will es.«

»Ach ja, dieser George«, sagt das Männchen. »Der will immerzu was. Der will so viel.«

»Aber ich kann es nicht!« Das Mädchen weint schon wieder. »Neulich habe ich es gekonnt, aber jetzt nicht me-he-her!«

Da regt sich ein kleiner Gedanke in ihrem Kopf. George, denkt sie, George heißt er also. Schöner Name.

»Na, dann kannst du es eben nicht. Was soll's?«

Das Männchen geht im Kreis um sie herum und fasst alles an. Das Stroh, das Spinnrad, ihr Knie ... ganz kurz. Dann greift es in seine andere Innentasche und zieht eine kleine weiße Karte heraus. »Ich habe mich noch gar nicht vorgestellt. Pelstil mein Name. Reinhardt Engelbracht Pelstil. Geschäftsmann, Unternehmer, Wohltäter ... Künstler im Grunde. Und heute Nacht: Retter von Mädchen in Not. Trockne deine Tränchen, Kind. Ich werde dir helfen.«

»Helfen?« Ihre Tränen tropfen auf das Kärtchen, machen es fleckig und wellig. »Können Sie das denn?«

»Das ist nicht weiter schwierig. Man greift mit den Händen durch die Wirklichkeit nach dem, was dahinter ist, lässt das Rad schnurren und schwuppdiwupp: Gold.«

Er zieht sein Jackett aus und sieht sich nach einem Haken um.

Es ist keiner da.

»Tatsächlich?« Sie seufzt zittrig. Wenn das wahr wäre …

Er nickt und reicht ihr sein Jackett. »Über den Arm legen«, sagt er. »Und nicht schmutzig machen. Ich helfe dir gern.«

»Können Sie das auch wirklich?«

»Eine meiner leichtesten Übungen.« Er lässt das Spinnrad einmal leer kreisen.

»Oh«, macht das Mädchen. »Ich hatte schon Angst, dass …«

»Aber nicht umsonst, versteht sich. Eine Hand wäscht die andere. Alles hat seinen Preis.«

Ihre anfängliche Erleichterung verflüchtigt sich sogleich. »W-w-was wollen Sie denn? Ich habe nichts.«

»Doch, bestimmt.« Seine Äuglein mustern sie von Kopf bis Fuß und wieder zurück. »Jeder hat was.«

Oh nein, denkt das Mädchen. Küssen werde ich ihn nicht, auf keinen Fall!

Aber er streckt bereits einen spitzen Finger aus. »Das«, sagt er.

Sie tastet nach der Stelle zwischen Kehle und Herz. »Nein, das geht nicht. Sie hat meiner Mutter gehört. Ich habe versprochen, sie niemals abzulegen.«

»Deine Treue ehrt dich«, sagt das Männchen. »Aber dann werden wir leider nicht handelseinig. Weiterhin guten Erfolg wünsche ich. Mein Jackett bitte. Habe ich dir meine Karte schon gegeben? Ja, richtig. Auf Wiedersehen.«

Es hallt zwischen den Pfeilern, als er sich mit Trippelschritten entfernt. *Auf Wiedersehen sehen ehen …*

»Nicht gehen!«, ruft sie und fasst sich in den Nacken, um die Kette zu lösen.

Schon steht er wieder bei ihr und steigt auf den Hocker.

Einen Moment lang spürt sie seine Nägel auf der Haut, dann gleitet die Kette von ihrem Hals.

Tschüs, Mama, denkt sie.

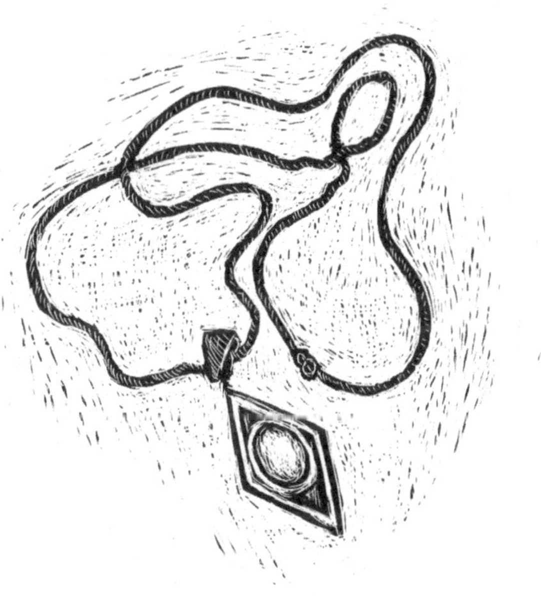

Ring

Das Schloss der Kellertür geht knarrend auf, und Morgenlicht fällt durch den Spalt. Rasch richtet das Mädchen sich etwas her.

Neben dem Spinnrad liegen zwei Haufen sanft schimmernder Goldfaden. Sie war so erleichtert gewesen, dass sie kaum hinschaute, wie der kleine Mann es machte, überdies war es blitzschnell gegangen, und gleich danach war er verschwunden, mitsamt ihrem Erbstück.

Sie hat ein wenig Bauchschmerzen, weil sie das Gold nicht selbst gesponnen hat, und das wollte der König doch, oder? Er darf es nie erfahren, denkt sie. Er. George. Oh George ...

Und wie glücklich George dreinschaut, als er mit den Händen in den Haufen wühlt.

»Sie hat es tatsächlich gemacht«, murmelt er. »Sie hat es geschafft!«

Frisch und schön sieht er aus und sie absolut katastrophal. Dennoch geht er auf sie zu, legt ihr den Finger unters Kinn und hebt ihren Kopf an.

Jetzt kommt es, sie ist ganz sicher. Jetzt kommt Teil

zwei: der Antrag. Als er sie mit seinen seeblauen Augen ansieht, spürt sie die schmerzenden Hände nicht mehr.

»Du kannst es also doch«, sagt er leise. »Ich hatte ja so meine Zweifel. Gut gemacht.«

»Ach …«, sagt sie errötend. Dass seine Zähne nur einigermaßen weiß sind und sein Haaransatz zurückweicht, ist ihr vollkommen egal. Sie ist so glücklich.

Der König räuspert sich. »Ich möchte dich gern was fragen. Würdest du …«

Sie nickt bereits. Denn selbstverständlich würde sie …

»Wirklich?«, sagt er freudig.

»Ja, selbstverständlich.« … George, denkt sie noch dazu, aber zu sagen wagt sie es nicht. Das kommt später.

»Großartig! Dann lasse ich für heute Nacht fünf Ballen bringen. Oder sechs, geht das in Ordnung? Das schaffst du doch, nicht wahr?«

»Wie?«, sagt sie. »Was?«

»Schaffst du es nicht?«

»*Noch* eine Nacht?«

»Ja!« Er nickt.

»Nein!« Sie schüttelt den Kopf.

»Nein? Gerade eben hast du Ja gesagt. Wo bleibt die Konsequenz, Mädchen?«

»A-a-ber ich habe gedacht ...«

»Was hast du gedacht?«

»Dass ...« Sie bricht ab. Was hat sie sich da nur in den Kopf gesetzt? »Ich kann das nicht noch mal.«

»Hm«, macht der König. »Und wenn ich es ganz furchtbar gern möchte? Dann machst du es doch für mich, Liebchen, nicht wahr?«

Liebchen. Das hilft. Er nimmt ihre Hand und drückt sie sanft.

»Au!«, sagt sie, denn seine Ringe sind hart, und ihre Finger schmerzen wieder. Aber schon weniger, als er sie nacheinander küsst. Und noch weniger, als sie sein liebevolles Lächeln von so Nahem sieht. Sie nickt, und da wird es noch liebevoller.

»Gut, ich verspreche es, Majestät«, sagt sie.

»Sag ruhig George«, sagt George. Er zieht einen seiner Ringe ab und steckt ihn ihr an. Der Ring hat einen großen Stein. Also doch Teil zwei, denkt sie froh.

Aber da hat er ihre Hand schon wieder losgelassen und schielt nach dem Gold.

Die zweite Nacht ist womöglich noch dunkler. Und noch länger. Ihre Hände fangen erneut zu bluten an, und wieder ist sie verzweifelt. Wenn sie bloß wüsste, wie er es gemacht hat, der kleine Mann, aber sie weiß es einfach nicht. Auch nicht, wie sie ihn rufen kann. Und auch nicht, ob sie das überhaupt will. Sie meint, seine Nägel auf der Haut zu spüren, und schüttelt den Kopf. »Ich mache es selber. Heute Nacht mache ich es selber.« Und sie beißt die Zähne zusammen.

Aber was kann ein Mädchen ausrichten? Mit wunden zittrigen Händen und sechs riesigen Strohballen, die stumm warten? Nicht viel, jedenfalls kein Gold spinnen. Nicht einen Faden, nicht ein Fitzelchen.

Aber rufen wird sie ihn nicht. Auf gar keinen Fall.

»Huhu! Wer hat gerufen? Hat da jemand gerufen?« Schritte nähern sich trippelnd aus der Dunkelheit.

Niemand, will sie sagen. Aber sie sagt es nicht. Ihre Hände liegen blutend im Schoß.

»Guten Abend wieder mal«, sagt das Männchen. »Dasselbe Mädchen, derselbe Kummer, wie ich sehe.«

Sie ringt sich ein höfliches Lächeln ab. Und ist auch ein wenig erleichtert, weil sie nun vielleicht aufhören kann, weil er sie ablöst. Ein einziges Mal noch. Sechs Ballen noch. Für George.

»Da wäre ich also. Steh auf. Und nimm mein Jackett. Womit werde ich diesmal entlohnt?«

Schnell versteckt sie die Hand mit dem Ring hinter dem Rücken.

»Ah! Ich sehe schon!« Er nimmt ihre Hand und hält sie dicht vor sein Gesicht. »Sehr schön. Zwanzigkaräter? Ja, George weiß eben, wie man Herzen erobert. Zieh ihn schon mal ab.«

»Aber ...«

»Oder lass es. Deine Entscheidung.«

Sie hat keine Wahl.

»Wie schludrig von dir«, sagt George, als er am nächsten Morgen vor ihr steht. »Da sieht man, was meine Liebe dir wert ist, wenn du meinen Verlobungsring gleich verlierst.«

Sie verschweigt, wie es passiert ist, erwähnt das Männchen und den Tausch mit keinem Wort. George ist so glücklich über das neue Gold, dass sie es nicht übers Herz bringt, ihn zu enttäuschen.

»Und dabei hat mir ein so wundervolles Hochzeits-

fest vorgeschwebt. Weiße Pferde, weiße Kutsche, ein großes Büfett für tausend Gäste ...«

»Wirklich?«

»Und ob. Aber das kostet natürlich ganz schön was. Ich hätte gern gesagt: Es ist genug. Doch jetzt sage ich das nicht. Ich will dich liebend gern heiraten, aber du verstehst: nur, wenn du ...«

»Nein«, sagt sie.

»Nur noch ein einziges Mal.«

»Auf keinen Fall.«

»Tu's für mich, Liebchen. Das heißt, für uns. Für unser Glück. Versteh doch, es liegt bei dir. Du willst doch auch heiraten und für immer glücklich sein und so weiter, nicht wahr?«

Das will sie, ja. Aber auf keinen, auf gar keinen Fall eine weitere Nacht im dunklen Keller sein, wo das Männchen ...

Zwanzig Ballen, dann ist es für immer genug. George hat es beim Grab seiner Mutter geschworen. Und ihrem Zukünftigen würde sie doch vertrauen, oder?

Na gut, sie hatte genickt. Doch sein Blick ließ sie zweifeln, ob es jemals genug sein würde.

Er hat ihr einen neuen Ring geschenkt. Zum Glück einen viel weniger schönen. Dann ist es viel weniger schlimm, wenn er demnächst auch weg ist, denkt sie.

Aber das Männchen lacht sie aus, als sie ihm in der nächsten Nacht im dunklen Gewölbekeller den Ring geben will.

»So haben wir nicht gewettet, Mädchen. Billigen Tand kann ich nicht gebrauchen, danke vielmals.«

»Aber was kann ich sonst ...«

»Ach, mir wird schon was einfallen. Ich denke beim Spinnen darüber nach, ja? Und sage dir dann Bescheid.«

Er hat sich bereits hingesetzt, sein Jackett liegt über ihrem Arm.

»Aber dann ...«

»... musst du wohl oder übel Ja sagen, du hast richtig verstanden.«

Kein Härchen gerät in Unordnung, und sein Hemd bekommt nicht das geringste Knitterchen, während seine Händchen flott Ballen um Ballen verspinnen. Sein Füßchen lässt das Rad kreisen, ganz schnell, ganz schnell.

»Ich will, ich will ... ja, was will ich denn ...?«, singt er vor sich hin. »Hm, dies? Nein, das! Hm-hm. Gleich fällt mir was ein, das soll es dann sein …«

Sie sieht ihm zu, und dabei wird ihr kalt. Was wird er fordern? Etwas, das mit ihrer Hochzeit zu tun hat? Ihren Schleier, das von George versprochene diamantene Diadem?

»Jawohl!«, kräht das Männchen, als die Arbeit halb getan ist. »Jetzt weiß ich es! Es soll … es soll dein Kind sein!«

»Mein *was*?«

»Dein Baby. Dein Erstgeborenes.«

Sie lacht überrascht. »Ich habe doch gar kein Kind.«

»Schon klar. Und vielleicht bekommst du auch keines, das habe ich nicht in der Hand. Aber *wenn* du eines bekommst, dann gehört es mir.«

Na ja, das liegt in ferner Zukunft, denkt das Mädchen. Falls überhaupt. Sie kann es sich kaum vorstellen, ihre Träume enden immer mit der unbestimmten Aussicht auf ein langes glückliches Leben nach der prunkvollen Hochzeit. Was für eine Erleichterung, dass die nun stattfinden kann!

Und wenn ich je ein Kind bekomme, denkt sie, dann muss ich eben zusehen, dass ich es nicht so sehr liebe.

Eine einfache Lösung. Aber das alles ist noch sehr weit weg.

Die Nacht vergeht wie im Flug, ebenso die folgenden herrlichen Tage und Wochen.

Kind

Und ist sie es nun? Glücklich?

Schon, aber das Glück ist nicht von langer Dauer. Ehe sie sich's versieht, ist sie schwanger. Ehe sie sich's versieht, ist sie rund und dick.

George kann die Geburt seines Sohns und Thronfolgers kaum erwarten. »Obwohl, so ein Kind macht ganz schön Kosten«, sagt er. »Du könntest ja hin und wieder das Spinnrad unten schnurren lassen, Liebchen.«

»Es sollte doch genug sein«, sagt sie. »Für immer.«

»Ja, ja. Probier es trotzdem jeden Tag mal eben«, murmelt George. »Nur für den Fall des Falles.«

Mit dem Kind in ihrem Bauch wächst auch ihr Geheimnis. Es färbt alles ein, mehr als gedacht, mehr als sie glücklich sein kann.

Ihr Vater taucht alle naselang im Palast auf, er ist froh und stolz. Alle sind so froh und so stolz. Aber ihr selbst ist nicht froh zumute. Den Grund verrät sie niemandem.

»Mach dir nichts draus«, sagt der Müller zu seinem Schwiegersohn. »Verstehe einer die Frauen!«

Das Kind kommt, und es ist ein Mädchen.

Das ist eine kleine Enttäuschung, aber George verwindet sie schnell. Schließlich gibt es immer ein nächstes Mal.

Der König, der nie etwas selbst macht und sich nicht vorstellen kann, dass jemand anderes das möchte, engagiert sogleich eine Amme. Sie heißt Eline.

»So kannst du dich auf andere Dinge konzentrieren, Liebchen«, sagt er. »Im Keller vielleicht? Willst du es nicht mal wieder versuchen?«

Sie sagt Ja, macht es aber nicht, sondern sitzt den ganzen Tag da und betrachtet ihr Kind, seine Augen, sein Näschen, die weichen goldblonden Locken.

Mehr brauche ich nicht, denkt sie. Mehr brauche ich niemals.

Denn mit dem Nicht-so-sehr-Lieben hat es nicht

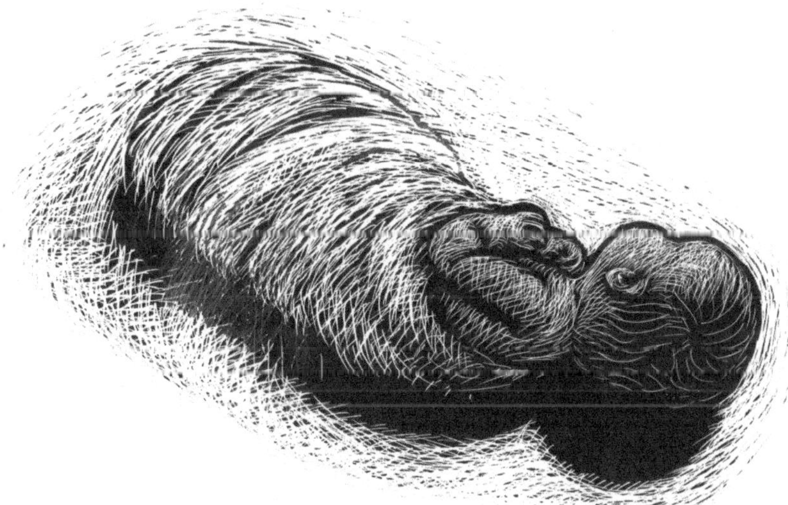

geklappt. Immerzu will sie bei dem kleinen Mädchen sein, es immerzu halten.

Ihr Geheimnis behält sie für sich. Aber täglich wird ihr mulmiger. Auch wenn sie hofft, dass nichts geschieht, dass das Ganze womöglich gar nicht passiert ist. Ob sie es George beichten soll? Vielleicht wird er ihr beistehen und sagen: »*Mein* Kind? Einem solchen Fiesling geben? Nie und nimmer!« Und das Männchen verbannen, enthaupten oder zweiteilen lassen.

Am besten, sie sagt es. Jeden Tag nimmt sie sich das vor. Aber sie macht es nicht.

Sie sitzt am Bettchen und blickt von ihrem Kind zur Tür. Und wieder zu ihrem Kind.

Jetzt kann es schon den Kopf heben, jetzt nach etwas greifen, jetzt seine Mutter anlachen, die es nicht wagt zurückzulachen ...

Und dann geht die Tür auf.

»Warum erschrickst du so?«, fragt das Männchen. »Du hast doch gewusst, dass ich kommen würde. Ich halte nämlich mein Wort, Mädchen.« Er hat eine rosa Babytragetasche dabei und streckt seine kleinen Hände aus. »Komm, gib es mir.«

»Niemals!«, sagt sie. »Niemals mache ich das!« Sie nimmt das Kind aus seinem Bettchen und drückt es an sich. »Eline, hol die Wache! Jemand will die Kronprinzessin entführen!«

»Entführen?«, schnaubt das Männchen. »Es ist alles sauber abgesprochen! Bleiben Sie sitzen, Eline.«

»Sie kriegen es nicht! Sie kriegen mein Kind niemals!«

»Nun stell dich nicht so an. Du guckst ja, als wollte ich es aufessen.«

»Aufessen!?« Sie presst das kleine Mädchen noch fester an sich.

»Ach was, ich bin doch kein Barbar«, sagt das Männchen. »Ich möchte lediglich ... ein bisschen Gesellschaft, als einsamer alter Mann. Das ist alles, wirklich. Bei mir bekommt das Kind eine erstklassige Erziehung. Ich habe es bereits an einer sehr guten Schule angemeldet ... Dagegen kannst du doch nichts haben, Mädchen.«

Aber sie schüttelt in einem fort den Kopf. »Bitte nicht, bitte nicht ...« Sie fängt an zu weinen. Das Kind ebenfalls. Und dann auch noch die erschrockene Eline, die überhaupt nicht begreift, was da vor sich geht.

»Liebe Güte«, sagt das Männchen. »Ich konnte nicht

ahnen, dass du solch ein Drama daraus machst. Nun reiß dich mal zusammen.«

»Bitte, nehmen Sie es mir nicht weg, bitte, Herr ... äh ...«

Das Männchen wird starr wie Eis. »Bitte, Herr ... was?«, stößt es hervor. »Du weißt doch wohl noch meinen Namen?«

»Äh ...«

»Ich habe dir doch meinen Namen gesagt und sogar meine Karte gegeben.« Seine Äuglein sprühen kalte Funken. »Dass du dir *das* nicht gemerkt hast! Wo ich so viel für dich getan habe!«

Sie sucht in der Wirrnis ihrer Gedanken, findet den Namen aber nicht.

Das Männchen geht ein paar Schritte auf die Tür zu. Dreht sich dann um. »Ich komme dir entgegen, Mädchen«, sagt er. »Du hast bis morgen Nachmittag um fünf Zeit. Dann hole ich das Kind. Es sei denn, du hast die Güte, dich wieder an meinen Namen zu erinnern. Meinen vollständigen Namen. Dann darfst du es behalten. Ein sehr großzügiges Angebot, würde ich sagen.«

Die Tür schlägt hinter ihm zu.

»Wer war das?«, fragt Eline.

»Ich wünschte, ich wüsste es ...«, flüstert das Mädchen in die Haare ihres Kindes.

»Mein Kind? Du hast *mein* Kind irgendeinem Fremden versprochen? Wie konntest du nur?!«

Mit dem kleinen Mädchen auf dem Arm steht sie im Thronsaal, George sitzt auf seinem Thron, und es geht bereits auf fünf zu.

Lange Zeit hat sie in ihrem Gedächtnis nach dem Namen des Männchens gegraben. Und als das zu nichts führte, zusammen mit Eline nach dem alten Kleid gesucht, in dessen Tasche die Karte noch stecken muss. Alle Schränke im Palast haben sie durchwühlt. Kein Kleid.

Und nun hat sie gebeichtet.

»Ich bin furchtbar böse auf dich«, sagt der König. »Und auch sehr enttäuscht. Du hast das Gold also gar nicht selber gesponnen. Hätte ich das gewusst, dann ...« Er sieht sie an, sagt aber nicht, was er dann getan hätte. »Aber egal, ich lasse diesen Kerl enthaupten, keine Frage. Sei unbesorgt, Püppchen. Wer meinem Kind schaden will, der schadet mir!«

Sie kann wieder freier atmen und wiegt ihr Kleines. Ganz ruhig, denkt sie, dein Vater wird dich retten.

»Ein Kind rauben ...« Der König schüttelt den Kopf. »Wer, um Himmels willen, kann so etwas Entsetzliches ...«

»Hallo, George.« In der offenen Tür steht der kleine Mann und wirft einen langen Schatten auf den Marmorboden des Thronsaals.

»Oh«, macht der König und wird blass. »Sie sind es.« Er schluckt.

Gelassen trippelt das Männchen zum Thron und zwinkert dabei dem Mädchen zu. »Dein Mann und ich sind alte Freunde, habe ich das nicht erwähnt? Nein? Und George auch nicht? Er schuldet mir übrigens eine Menge Geld. Und heute Nachmittag dachte ich, das will ich jetzt endlich zurück.«

Ihr Gemahl auf dem Thron sinkt ein wenig zusammen. Er sieht sie beklommen an.

»Es ist nichts mehr da«, flüstert er. »Hast du vielleicht noch etwas ... Liebchen, unten ... äh ... im Keller?«

»Wie du siehst, Mädchen, habe ich überall meine Hände im Spiel. Darauf wollen wir ein Gläschen trinken. Und eine gute Zigarre rauchen. Und danach, meine Lieben, ist es an euch: Entweder ich bekomme mein Geld zurück oder meinen Namen zu hören. Und zwar nicht von dir, George, das zählt nicht. Oder aber ich gehe mit einem niedlichen Töchterchen nach Hause. Also!«

Der Oberlakai Pierre trägt ein Tablett mit kleinen Gläsern und Aschenbechern herein.

Als der König einen Schnaps intus hat, nehmen seine Wangen wieder etwas Farbe an. »Dass du *das* aber auch vergessen konntest!«, sagt er verärgert. »Da sieht man, dass ihr Mädchen einfach kein Hirn für wichtige Dinge habt.«

Darauf stoßen die Männer an.

Zum Glück geht gerade noch rechtzeitig die Tür auf, und Eline stürmt herein, hochrot im Gesicht und mit dem alten Kleid, das sie ganz hinten in der Waschküche ganz unten in einem Haufen Schmutzwäsche gefunden hat. In der Tasche steckt ein weißes Papierkügelchen.

Das Mädchen faltet es auf und liest.

Genau. Jetzt weiß sie es wieder.

Der Lakai Pierre schenkt König George und Herrn Pelstil noch einen Schnaps ein. Die beiden trinken und sehen sie an, wie sie mit dem Kind auf dem Arm dasteht.

Sie sagt noch nichts.

Der Thronsaal ist schon ganz blau vor Rauch. Langsam tickt die Uhr auf fünf zu.

»Mach schon«, sagt der König. »Eine kleine Formalität, Liebchen. Dann haben wir unsere Ruhe.«

Sie holt Luft. »Wie heiße eigentlich ich?«, sagt sie.

Einen Moment lang ist es still.

»Darum geht es jetzt nicht, Mädchen, das ist nicht die Frage«, sagt Herr Pelstil.

»Aber ich stelle sie«, sagt sie. »Und ich will eine Antwort. Wie heiße ich?«

»Du hast hier keine Fragen zu stellen!«, meint Herr Pelstil.

»Wie heiße ich?«

»Aber Schatz«, sagt der König. »Liebchen, das ist doch wirklich nicht die Frage. Die Frage ist ...«

»Wie heiße ich? Weißt du das etwa nicht?«

»Selbstverständlich weiß ich das«, erwidert George.

»So? Und wie?«

»Nur … äh … habe ich es gerade nicht parat. Ich … äh …«

»Du wirst doch wissen, wie deine eigene Frau heißt, George.« Herr Pelstil kichert.

»So was aber auch!«, braust der König auf. »Ich sage den Namen eben nicht immer, sondern meistens … äh … Liebchen oder … äh … Auf jeden Fall weiß ihr Vater es, vielleicht sollte ich den rasch … Pierre, sei so gut!«

»Auf der Heiratsurkunde muss er auch stehen«, sagt Herr Pelstil.

Während die Männer eifrig diskutieren und Lakaien ausgeschickt werden, um Heiratsurkunde und Geburtsschein beizubringen, wickelt das Mädchen ihr Kind sorgsam in eine Decke. Dann holt sie eine Windeltasche und bequeme Schuhe, gibt Eline einen Kuss und verlässt den Palast.

Jenseits des Zauns ist hinter den Kornfeldern der Wald zu sehen, und am Himmel treiben weiße Schäfchenwolken.

Die Sonne wärmt ihr Gesicht, der Nachmittag ist weich.

So weich wie eine Umarmung.

So weich, dass man leicht mit den Händen hindurchgreifen könnte, nach dem, was dahinter ist.

Wolf

I

Das Mädchen lernt am großen Tisch für Geschichte. »Das finstere Mittelalter« heißt das Kapitel. Dazu gibt es ein Bild, mit dicken, unbeholfenen Linien gezeichnet. Es zeigt einen Mann mit schwarzer Kapuze über dem Kopf. Er schwingt einen viereckigen Hammer durch die Luft, um ihn gleich auf einen anderen Mann niedersausen zu lassen, der auf ein großes Rad gebunden ist. Im Hintergrund baumeln weitere Männer mit Stricken um den Hals an zwei Galgen.

Stell dir vor … steht dabei. *Dass du ein mittelalterlicher Verbrecher bist, der wach liegt und schwitzend eine schreckliche Strafe erwartet …*

Solche Sätze stehen oft im Geschichtsbuch.

Mal dir aus, dass du ein Mammutjäger in der Steppe bist, der nur einen Holzspeer hat, um sich zu verteidigen …

Kannst du dir denken, wie viel Angst unsere Entdeckungsreisenden in der unbekannten Neuen Welt gehabt haben müssen ...

»Das ist gut«, sagt der Lehrer immer. »So wird Geschichte in euren Köpfen lebendig.«

Das Mädchen betrachtet das Bild so lange und aufmerksam, dass sie es noch immer sieht, als sie die Augen schließt. Galgen und Rad, denkt sie.

»Mistding! Mach endlich, was ich will!« Am Tischende hämmert ihre Mutter auf der Tastatur ihres Computers herum.

»Ein paar Einkäufe hier abholen und an Oma liefern, ist das denn so schwer?«

»An Oma?« Das Mädchen blickt von ihrem Buch auf. »Warum?«

»Weil ich es versprochen habe«, sagt die Mutter. »Sie ist wieder mal krank. Immer dann, wenn ich keine Zeit habe.«

»Ich kann hingehen«, sagt das Mädchen, aber die Mutter hört nicht zu.

Sie redet schon wieder mit dem Bildschirm. »Lieferung am selben Tag, von wegen! Falsche Versprechungen!« Sie tippt etwas ein, aktualisiert die Seite. »Ach ja, klar: überlastet! Soll ich dir sagen, *wer* hier überlastet ist?«

Das Mädchen sieht die Mutter an. Erwartet sie eine Antwort? Vermutlich nicht.

»Und ich kann nicht weg. Nicht heute Nachmittag.« Die Mutter seufzt und trinkt einen Schluck aus ihrer leeren Tasse. »Und warum nicht? Warum habe ich nicht mal Zeit, zu meiner eigenen Mutter zu gehen, wenn es nötig ist?«

Wahrscheinlich will sie auch diesmal keine Antwort. Sie sitzt am Tisch wie in einer immer kleiner werdenden Nische. In Reichweite um sich herum Tassen, Papiere, ein Päckchen Kaugummi, damit sie nicht raucht, gesunde Cracker, damit sie nicht zunimmt, Handy, Laptop, Ladegeräte.

Das Mädchen schaut wieder ins Buch. Dort schwingt der Henker noch immer seinen Hammer. Gleich werden Knochen zertrümmert, vor allem in den Armen und Beinen, damit der Schmerz besonders lange anhält. Bei jedem Schlag jubeln die Umstehenden. Erst wenn alles gebrochen ist, führt der Henker den Gnadenschlag. Das Mädchen schließt erneut die Augen. So wird Geschichte in ihrem Kopf lebendig.

Draufhauen!, rufen die Menschen. *Draufhauen! Los! Blut!*

Aber das wird nicht passieren, denkt das Mädchen. Nicht auf dem Bild. Der Henker wird seinen Hammer für immer schwingen und der Mann auf dem Rad für immer den Schlag kommen sehen. Und Angst haben und vielleicht schreien. Aber der Schlag kommt nicht. Seit tausend Jahren liegt er da, festgefroren in der Zeit, den Blick auf den Hammer gerichtet, der nicht fällt.

Es passiert nicht. Es passiert nie.

Womöglich ist das ja eine härtere Strafe.

»Los jetzt, blödes Ding!« Die Mutter flucht. »Tut mir leid«, sagt sie gleich danach. Sie sagt immer »tut mir leid«, wenn sie etwas macht, was sie eigentlich nicht sollte, wie um es auszulöschen. Als würde das Mädchen nicht längst alle Flüche kennen, auch die ganz schlimmen. Als wüsste sie nicht, dass ihre Mutter manchmal heimlich raucht und ein Glas Wein zu viel trinkt. Als würde sie das kümmern.

Das Mädchen schaut aus dem Fenster. Es hat geregnet, aber jetzt sind da große blaue Stellen im Grau. Wenn sie sagt, dass sie an die frische Luft will, geht es vielleicht in Ordnung. Frische Luft ist immer gut für Kinder.

»Soll ich hingehen?«, fragt sie, und jetzt blickt die Mutter auf.

»Wohin gehen?«

»Zu Oma. Mit den Einkäufen.«

»Auf keinen Fall«, sagt die Mutter. »Du spinnst wohl? Das ist viel zu weit.«

II

Eine ganze Runde am Stück rennen schafft er leicht und ohne aus der Puste zu kommen. Das ist gut, denkt er, denn das bedeutet, dass er noch ganz schön fit ist.

Es könnte aber auch bedeuten, dass der Wald wieder kleiner geworden ist. Und, um ehrlich zu sein, glaubt er Letzteres. Obwohl das nicht abgemacht war. Er erinnert sich nicht mehr an alles, aber *das* hätte er sich doch gemerkt, oder? Hat der Förster etwas darüber gesagt?

Dass er da war, scheint erst kurze Zeit her zu sein. Aber vielleicht liegt es auch schon länger zurück.

Jahreszeiten. Jahre.

Jeden Tag die gleiche Runde, das macht einen verrückt im Kopf. Man sieht Dinge, die gar nicht da sind. Aufzuckende Bilder von Beute. Davonrennende Rehe, kichernde Hasen. Ach, Hasen …

Fang mich doch, klingt es leise. *Hier bin ich, fauler Sack, hinter den Bäumen. Nein, nicht dort. Und jetzt fort. Ätsch!*

Und dann rennt er, keucht, rutscht aus, dreht sich rundherum, aber wo immer er hinschnappt, ist Luft. Nie erwischt er sie.

Weil sie gar nicht da sind.

Aber egal, wie war das gleich noch mit dem Förster? Er hatte nicht einmal sein Gewehr von der Schulter genommen. Und den Knüppel am Gürtel hängen lassen. Hätte er nicht ein klein wenig damit drohen können? *Zurück, Untier! Zurück! Oder ich blas dir das Licht aus.* Etwas in der Art. Wenn auch nur aus Höflichkeit.

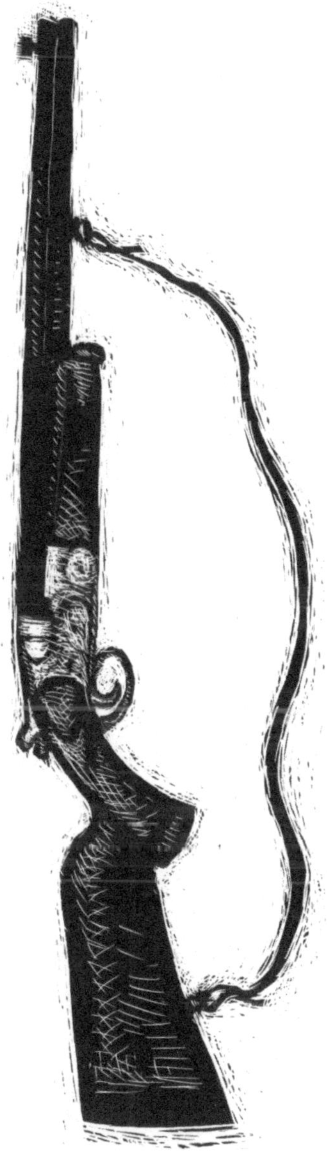

Er hätte ihn damals auf der Stelle fressen sollen. *Das* hätte er tun sollen. Mit gebeugtem Kopf dastehen, den Blick unterwürfig gesenkt wie ein zahmes Tier, wie ein Knecht. Aber dabei ganz genau auf alles achten, auf jede Bewegung, jeden sich verändernden Abstand. Mit gespitzten Ohren und die kräftigen Beinmuskeln angespannt auf den richtigen Moment warten ...

Und es hatte ihn gegeben, den richtigen Moment. Er weiß noch gut, wann: als der Kerl versehentlich zwei Seiten des verdammten Vertrags auf einmal umschlug. Und zurückblättern musste. Und sekundenlang das Raubtier vor sich aus den Augen ließ. Da!

Ein Satz, Pfoten an der Brust, Zähne am Hals. Beißen, zerren, reißen. Und dann die Beute am Boden, blutend und sterbend, noch ehe sie recht merkt, was passiert ist. Und dann fressen, was das Zeug hält, und schlürfen. Blutige Pfotenabdrücke auf dem verdammten Papier. Auch das zerreißen, in den Dreck treten. Am Ende nur noch ein Rest dampfendes Fleisch in einer zerrissenen Tarnhose und der Boden von roten Fetzen übersät.

Kein Vertrag mehr. Keine Abmachung. Nichts.

»Sie können unmöglich was dagegen haben«, hatte der Mann gesagt. Sie, wenigstens das. »Es ist für alles gesorgt. Wir verlangen lediglich, dass Sie innerhalb der vereinbarten Grenzen bleiben. Der Zaun ist als Mahnung gedacht. Theoretisch könnten Sie schon durch, aber das lassen Sie besser sein. Mit dem Sender an Ihrem Hals.«

Mit dem Was an seinem Was?

Als wäre er da erst so richtig aufgewacht, hätte da erst gemerkt, dass sie sich an ihm zu schaffen gemacht und etwas an seinem Hals befestigt hatten.

Er schüttelte heftig den Kopf, versuchte es wegzukrallen, abzureißen, aber das Ding blieb, wo es war. Und als er wild drauflosrannte, um es vielleicht auf diese Art loszuwerden, begann das Piepsen dicht bei seinem Ohr.

Je näher er dem Zaun kam, desto lauter piepste, wimmerte und kreischte es; er presste die Pfoten auf die Ohren, mit rasendem Herzklopfen, aber es half nicht, nichts half gegen die Töne in seinem Schädel. Sie verstummten erst, als er floh, weg vom Zaun, weiter und weiter. Bis er sich erschöpft und geschlagen mit schwirrendem Kopf zu Füßen des Försters warf, der sich nicht vom Fleck gerührt hatte. Gewehr nach wie vor über der Schulter. Knüppel unberührt.

»Genau das meinen wir«, sagte der Lump. »Und dieses Signal hören auch wir. Wenn es zu lange anhält, können Sie darauf gefasst sein, dass wir sofort ausrücken und Sie bis zur vereinbarten Grenze zurückbegleiten. Ich bin sicher, das geht ohne große Gewaltanwendung. Wir haben Sie gern in unserem Wald, wirklich. Ein Stück echte Wildnis soll erhalten bleiben. Es ist schon so viel verloren gegangen, nicht wahr?«

Treuherzig hatte er ihn mit seinen braunen Augen angesehen. Ganz so, als wären sie sich einig, wollten beide dasselbe.

In genau dem Moment hätte er ihn zerreißen sollen. Ach, wie bereut er, es nicht getan zu haben!

Denn danach gab es nichts mehr zu zerreißen.

Was er täglich zur immer gleichen Zeit am vereinbarten Ort bekommt, ist längst tot. So tot, dass es keinen Spaß mehr macht. Anfangs hat er es noch ein wenig herumgezerrt, sich damit im Laub gewälzt, jaulend und geifernd, als müsste er es überwältigen. Doch damit hat er aufgehört. Er frisst davon, aber das meiste lässt er liegen.

Dabei hat er durchaus Hunger. Großen Hunger, Appetit ohne Ende. Aber nicht auf solches Zeug.

»Dann bitte hier noch eine Unterschrift. Pfotenabdruck geht auch«, hatte der Förster lächelnd gesagt.

Und er hatte brav die Pfote hingehalten.

Ein Sklave ist er geworden. Ein Jasager. Ein Dekowolf.

III

Die Mutter hatte darauf bestanden, dass sie ihren feuerroten Regenmantel anzog, mit den reflektierenden Streifen an Ärmeln, Rücken und Kapuze. Wie eine wandelnde Ampel kommt das Mädchen sich vor, als sie auf dem Gehweg an den Wohnhäusern entlangläuft. Plastiktüte in der einen Hand, Telefon in der anderen. Jeder kann sie sehen, kann sofort aus dem Haus kommen, sofort die Polizei rufen, wenn etwas passiert.

Aber was sollte hier passieren?

Die Gehwegplatten sind eben und sauber verlegt, die kleinen Vorgärten eingezäunt, die jungen Bäume

sogar an Holzpfähle gebunden, manchmal an vier zugleich. Sie können in keine andere Richtung wachsen, nur kerzengerade in die Höhe, wie die Stadtplaner es vorgesehen haben.

Der Regen tropft auf ihre Kapuze. Besser als Hausaufgaben machen ist das wahrhaftig nicht.

Das Handy summt. *Hier rechts abbiegen.* Sie findet den Weg auch ohne dieses Teil, aber ihre Mutter hat darauf bestanden, die Route zu planen.

500 Meter geradeaus.

Eine lange gerade Straße. Und noch eine. Dort, hinter den letzten Häusern, geht es am Friedhof vorbei.

»Ist dir das nicht unheimlich?«, hatte ihre Mutter gefragt.

»Nein, Mama, echt nicht.«

»Aber dass du mir nicht auf den Friedhof gehst, ja?«

»Darf ich Opa kurz zuwinken?«

»Von Weitem ja. Aber nicht reingehen.«

»Ist gut, von Weitem.«

Hinter dem Gitterzaun liegen die Toten in geraden Reihen unter dicken Marmorsteinen. Wo Opa liegt, hat sie vergessen, die Gräber sehen ja alle gleich aus. Eigentlich will sie nur kurz winken, aber das Tor steht einen großen Spalt offen, scheint sie einzuladen. Im Nu ist sie durchgeschlüpft.

Reihe zwei, denkt sie. Nein, drei. Der Kies knirscht unter ihren Stiefeln.

Hier sind alle nur noch Namen, in schimmernde Steine gemeißelt. Aufrecht im Regen oder liegend mit Pfützen darauf. *Geliebter Vater. Zu früh von uns gegangen. Geborgen in Jesu Armen.* Geboren, gestorben, geboren, gestorben.

Weiter hinten sind die Grabsteine schiefer, bemooster und unleserlicher.

Ob es hier spukt? Natürlich nicht jetzt bei Tag und mit dem Brausen der nahen Schnellstraße, aber vielleicht in einer mondlosen Nacht? Wenn die Erde erbebt, klagende Geigentöne erklingen und die Steine sich im Takt der Musik zu bewegen anfangen … Wenn eine tote Klaue aus dem Erdreich hervorkommt, ein Sargdeckel sich langsam öffnet, etwas sich aufrichtet, etwas von Würmern Kahlgefressenes, das aus leeren Augenhöhlen starrt und das …

So wie im Märchenpark Efteling. Dort ist sie einmal eine ganze Stunde im Spukschloss geblieben, um alle zehn Minuten die gleichen Geister erscheinen und die gleiche Hand den gleichen Sargdeckel öffnen zu sehen, zum immer gleichen Musikgeleier. Dazwischen war das Quietschen von Scharnieren zu hören gewesen. Nach dem sechsten Mal klemmte der Deckel, das war noch das Spannendste. Aber dann tauchte auch schon ein Mann mit Werkzeugkasten auf, und sie durfte nicht zusehen, sondern musste mit dem Pulk Leute hinaus.

Wie die Toten gestorben sind, steht nicht auf den Grabsteinen. Ob es eine schlimme Krankheit oder ein furchtbarer Unfall war. Vielleicht sogar Mord. Sie muss es sich selbst ausdenken.

Ihr Opa hatte sie einmal in die Kirche mitgenommen, die er hin und wieder besuchte. Überall blutende Herzen, von Pfeilen durchbohrte Heilige, festgenagelte gekrümmte Hände – ihr waren die Augen übergegangen. Nie hätte sie das ihrem langweiligen Opa zugetraut.

Sie wollte gern noch einmal hin, aber das war ihrer Mutter nicht recht gewesen. »Bloß gut, dass ich da raus bin«, sagte sie. »Fang bitte nicht mit diesem Quatsch an.«

Und Opa war so gestorben, wie er gelebt hatte: in seinem Sessel hinter der aufgeschlagenen Zeitung. Hatte eigentlich jemand um ihn geweint? Oma zwang sich, tapfer zu sein und weiterzumachen. Und Mama war hauptsächlich erleichtert, wie es schien.

Sie selbst hatte sich erst noch Mühe gegeben. *Ach, Opa …* schrieb sie in ihr Tagebuch. *Mein Opa, ohne ihn kann ich nicht leben, ich werde immer um ihn trauern …*

Aber schon beim Schreiben wusste sie, dass es im Grunde Unsinn war. Es war nichts Schlimmes passiert, nicht wirklich.

Sieh an, da liegt er unter seinem rosa Stein. Sie liest den Namen und die Lebensdaten. »Ach, Opa …« Sie ringt sich einen traurigen Seufzer ab.

Das Telefon summt. *Bist du schon da?*

IV

Piep piep pieppieppiiieeep …

Er wird verrückt.

»Wir kommen dann sofort und begleiten Sie zurück

zur vereinbarten Grenze«, hatte es geheißen. Aber niemand kommt. Vielleicht kann er noch etwas näher an den Zaun?

Pieppieppieppiiieeep ... Niemand.

Will er das denn?

Ja, verdammt, er glaubt, dass er das will.

Schon den ganzen Tag war da Übermut in seinem Kopf. Und Hunger in seinem Magen, aber nicht auf schlappes totes Fleisch. Sondern auf etwas, das lebt, das zappelt. Das Angst hat.

Sollen sie nur kommen!, denkt er. Notfalls alle auf einmal, mit Fangnetzen und Stöcken, mit Gewehren. Er wird sich nicht unterkriegen lassen. Sollen sie nur schießen! Eine Ladung Schrot, das kennt er, davor hat er keine Angst. Es sticht und brennt kurz, aber das Zeug bekommt er schon raus, dann eben ein Biss in die eigene Flanke. Er ist ein Wolf, kein ängstliches Schaf. Dann eben eine Weile hinken.

Nur schießen sie nicht mehr mit Schrot. Sie schießen mit etwas Tückischerem, das nur einen kleinen Piks verursacht. Dann ist er nicht mehr bei sich. Er fühlt sich wattig im Kopf, seine Gedanken zerlaufen, er wird in die Dunkelheit gezogen. Und wenn er sich nach einer

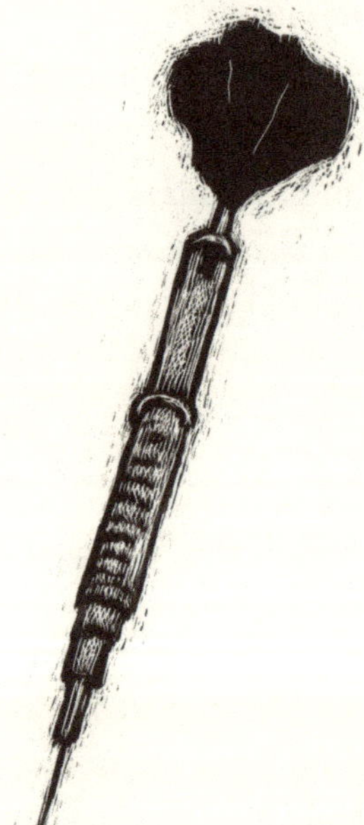

ganzen Weile daraus hervorgekämpft hat, verspürt er nur noch Übelkeit und Schwindel und Wut. Und seine Beine wollen eine Zeit lang nicht mehr. Danach steht ihm der Sinn ganz und gar nicht.

Er zieht sich vom Zaun zurück. Lieber nicht, jedenfalls nicht heute.

Das Piepsen verklingt, er kann wieder seine Gedanken hören.

Was bist du, ein Waschlappen?, sagen sie. Ein Schaf?

Wer behauptet, dass es auch diesmal so läuft? Angsthase. Fauler Hund. Vielleicht läuft es heute ganz anders, vielleicht ist heute dein Glückstag, Wolf. Den lässt du doch nicht ungenutzt verstreichen! Du kannst von Baum zu Baum rennen, um den Pfeilen auszuweichen, und wenn sie dich verfolgen, lockst du sie zu der Grube, die du mit eigenen Klauen gegraben hast, du weißt schon. Mit den Ästen drum herum. Vielleicht stolpern sie darüber, fallen in die Grube, Gewehr aus der Hand, Kinn auf dem Rand, und ehe sie sich's versehen, sitzt du ihnen im Nacken und beißt in das weiche …

Nein, nein, das geht nicht. Du hast deine Pfote darauf gegeben, weißt du noch? Ein Dekowolf bist du, so ist es abgemacht, dann darfst du bleiben. Andernfalls wanderst du mit Wolle ausgestopft als Anschauungsmaterial ins Museum. Anschauungsmaterial, er sieht das Wort vor sich, in eckigen schwarzen Buchstaben. Halte dich an die Abmachung, sei ein Wolf deines Worts, sei ein …

Zur Hölle mit seinem Wort! Sonst reicht das immer, um ihn zurückzuhalten, aber nicht heute.

Heute ist es anders, heute hat er genug davon.

Heute riecht es nach Abenteuer.

Er brüllt, er heult, er rennt. Sein Halsband piepst wie verrückt, aber das ist ihm schnurzegal. Sollen sie nur kommen, soll es ruhig passieren. Hauptsache, *etwas* passiert.

Nicht nichts. Er hat es so was von satt, dieses Nichts.

V

Da hat etwas im Wald geheult.

Das Mädchen bleibt stehen und lauscht. Was war das?

Natürlich nicht das, wonach es klang. Wahrscheinlich war es bloß ein Hund, dem jemand auf den Schwanz getreten ist, in einem der ordentlichen Gärten bei den neuen Häusern. Oder vielleicht ein witziger Handy-Klingelton.

Kein Wolf, das kann nicht sein.

Doch da hört sie es wieder.

Sie lässt den Blick schweifen. Der Himmel ist grau, der Regen nieselt weiter, die Toten liegen totenstill in ihren ordentlichen Gärtchen. Aber mit dem Geheul vergrößert sich die Welt um sie herum, wird der Wald jenseits des Friedhofs höher und dunkler.

Da ist etwas. Da ist echt etwas.

Es war eben doch ein Wolf!

Hinten hat der Friedhof eine Hecke, durch die sie mühelos schlüpfen kann. Dort fängt der Wald an. Er ist mit einem Graben abgegrenzt und zusätzlich mit sieben Strängen Stacheldraht. *Zugang verboten,* sagt der Stacheldraht, *Gefahr droht. Geh zurück.*

Sie geht weiter. Die Hecke will sie davon abhalten, aber sie schiebt die Zweige beiseite.

Wieder summt das Telefon, aber sie achtet nicht darauf und steckt es in die Tasche.

Sie steigt in den Graben hinab. Ihre Stiefel sinken in Laub und Matsch ein. Die Plastiktüte mit den Einkäufen bleibt an etwas hängen und reißt ein. Eine Rolle Schokokekse landet im Matsch. Aber sie bückt sich nicht danach, sondern steigt an der anderen Seite hinauf.

Über dem Grabenrand taucht der Stacheldrahtzaun auf. Dahinter weisen die Bäume mit Ästen wie tote Finger in die Höhe, und dann ertönt wieder das Geheul. Jetzt viel näher.

Sie zieht sich vollends hoch und späht durch den Zaun.

Da. Sie sieht es.

Etwas rennt von Baum zu Baum, nicht so groß wie ein Mensch, aber viel schneller. Sie hört Pfotengetrappel, Laub wirbelt auf. Sie hört ein Hecheln und dazwischen leise Piepstöne.

Ihr Atem geht schneller, sie packt mit beiden Händen den straff gespannten Draht, neben jeder Hand abstehende Spitzen, an denen man sich gemein stechen kann, aber was soll's.

Da steht er.

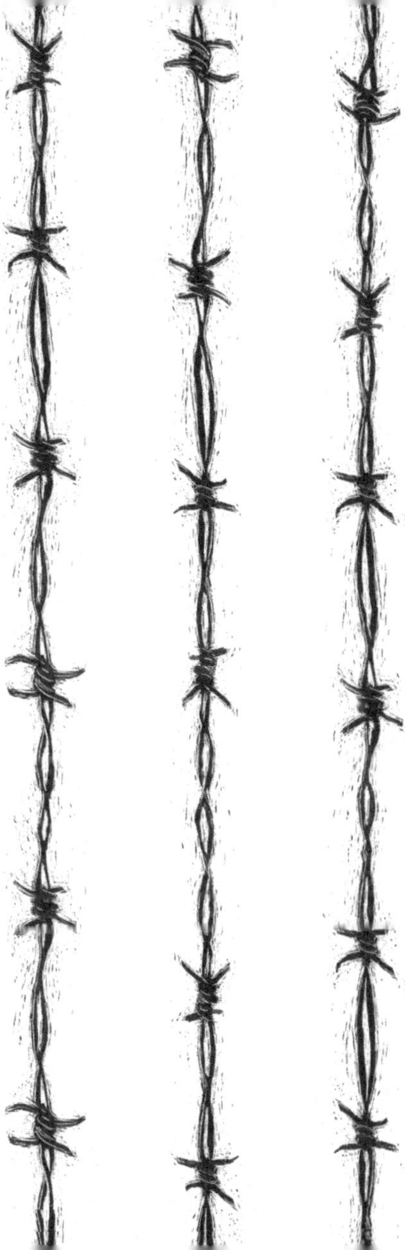

Größer als alle Hunde, die sie je gesehen hat. Grauschwarz das Fell, gelb die Augen, und aus dem Maul fährt immer wieder eine rote Zunge und leckt über die Lippen.

Er guckt wie ein Wolf, er riecht nach Wolf. Ihre Blicke kreuzen sich.

Umkehren, summt das Telefon in ihrer Tasche. *Wieder der Route folgen.*

VI

Nicht zu fassen! *Das* also hat er gerochen!

Beute ist es, da steht Beute! Ganz nah! Kein Hase, sondern etwas anderes, ein Menschchen, ein Mädchen, rot wie Blut, zart das Fleisch und träg zu Fuß.

Der Geifer tropft ihm aus dem Maul, wie er sie so sieht und riecht. Jung, wehrlos, süß. Und zum Greifen nah. Seine Kiefer klappen auf und zu, die Zunge leckt, als würde er es schon schmecken, das Rote, das Rote da.

Er macht einen Schritt auf den Zaun zu. Und noch einen.

Aber oh: das Piepsen! Das Piepsen! Ohrenbetäubend

laut im Kopf. Sein Raubtiergehirn scheint davon kleiner zu werden und ängstlicher. Die Beine steif, nur noch zum Stehen gut.

Vorwärts!, spornt er sich an. Zwäng dich durch die Drähte, schnapp dir die Beute! Du kannst sie nicht verpassen, gleich ist dein Magen voll, du wärst ein Narr, die Chance auszulassen.

Ja, aber dieses Piepsen! Ja, aber der Förster. Ja, aber der Pfeil, die Wolle, das Anschauungsmaterial ...

Er wird verrückt im Kopf, duckt sich zusammen.

Er steht nur da, und sie steht nur da, zwischen ihnen der Zaun.

VII

Der Wolf hinter dem Zaun duckt sich zusammen.

Für den Sprung, denkt sie und schließt die Augen.

Einen Moment noch. Einen kleinen Moment noch, dann wird sie schreien, hoch und laut, sodass es durch den Wald gellt, sie wird sich umdrehen und losrennen, hinter sich das Untier. Der Zaun wird den Wolf nur kurz zurückhalten, die Drähte sind weit auseinander, da kommt er schon durch, sie hört sein Pfotengetrappel, immer näher, und sie rennt. Noch hat er sie nicht, aber lange kann es nicht mehr dauern. Sie schmeißt die Plastiktüte weg, die Flasche zerbricht, Rotwein strömt heraus, und sie rennt, rennt durch den Graben, durch die Hecke, spürt seinen warmen Atem im Genick und rennt, dass der Kies aufspritzt.

Quer über den Friedhof geht es. Vielleicht erwischt er sie ja hier, inmitten der Gräber, dann kann sie gleich bleiben, kann man das, was noch von ihr übrig ist, in einem kleinen weißen Sarg beerdigen, neben Opa, so traurig, so schön, so ...

Sie öffnet die Augen wieder.

Er steht noch immer an derselben Stelle. Oder ein bisschen weiter weg, so scheint es.

»Hallo?« Das Mädchen rüttelt am Stacheldraht. »Wird's bald?«

VIII

Er macht einen Schritt hin und einen Schritt her. Nach vorn, nach hinten. Wieder und wieder. Er dreht sich rund wie ein toller Hund.

»Worauf wartest du?«, fragt sie.

Worauf wartet er?

Eine schmale Hand schiebt sich durch den Zaun. Bleibt an einer Metallspitze hängen, die eine Wunde in die Haut reißt. Blut riecht er. Er wird verrückt.

»Traust du dich etwa nicht?«

Von wegen! Er und sich nicht trauen! Lachhaft!

Nein, er traut sich nicht.

Hin und her. Vor und zurück. Das dauernde Piepsen im Ohr. Noch ist sie da. Noch ist es möglich.

Aber kaum hat er einen Fuß auf den Zaun gesetzt, beginnen in der Ferne Sirenen zu heulen. Sie kommen, er hat es gewusst. Geduckt rennt er los, von Baum zu Baum, fort, er muss fort, sich irgendwo verstecken vor ihren tückischen Pfeilen, am Grund der Fallgrube vielleicht, sich klein machen, ganz klein und unsichtbar.

»Feigling!«, ruft sie. »Was für ein Wolf bist du?«

Kein Wolf, er ist kein Wolf.

IX

Mit knirschenden Bremsen kommt der Transporter bei der Hecke zum Stehen. Männer springen heraus, Männer mit Hüten und großen Gewehren, sie durchqueren mit weiten Schritten den Graben. Drei Sekunden, und sie sind bei dem Mädchen. Zwei packen sie unter den Achseln und tragen sie zum Transporter, vier gehen mit Knüppeln in den Händen in den Wald.

»Hast du den Verstand verloren?«, schimpfen die zwei.

»Was hast du da gewollt, Kind?«

»Lebensgefährlich war das, kapierst du?«

Das Mädchen sagt nichts und presst die Hände zusammen. Zwischen den Fingern quillt Blut hervor.

»Mein Gott! Er hat sie gebissen!« Rasch klappen die Männer einen Erste-Hilfe-Kasten auf, holen Pflaster heraus, ein Fläschchen und dicke Rollen Verbandsmull.

»Hat er nicht«, sagt das Mädchen. »Das kommt von ...« Doch sie schieben bereits ihren Ärmel hoch und träufeln Jod auf einen Wattebausch, um die Hand zu betupfen.

»Das kann kurz wehtun, beiß die Zähne zusammen.«

»Ist nicht nötig«, protestiert sie. »Er hat nicht ...«

»Und ob das nötig ist! Solche Bisse können sich schlimm entzünden.«

»Er hat mich nicht ...«

»Vielleicht noch Tetanus?«

»Klar, auf jeden Fall Tetanus.«

Er hat nichts gemacht, will sie sagen, es war der Stacheldraht. Aber niemand hört zu. Sie kann nicht einmal mehr ihre Wunde sehen vor lauter Watte und Mull.

»Deine Mutter ist schon mit dem Auto unterwegs.«

»Hat sich bestimmt zu Tode erschrocken, die Ärmste.«

»Sei froh, dass es gut ausgegangen ist.«

»Ich sage es schon seit Ewigkeiten: So nah an einem Wohngebiet, das kann man nicht machen.«

»Völlig unverantwortlich.«

»So kann es nicht mehr weitergehen, wir müssen ...«, sagt der eine.

»Ja, schade drum«, sagt der andere. »Aber was sein muss, muss sein.«

Sie nicken und tupfen und umwickeln die Hand mit noch mehr Mull.

Nach einer Weile kommen die vier anderen zum Transporter zurück. Einer trägt die kaputte Plastiktüte. Die anderen ziehen etwas hinter sich her: groß, schwarz und schlaff.

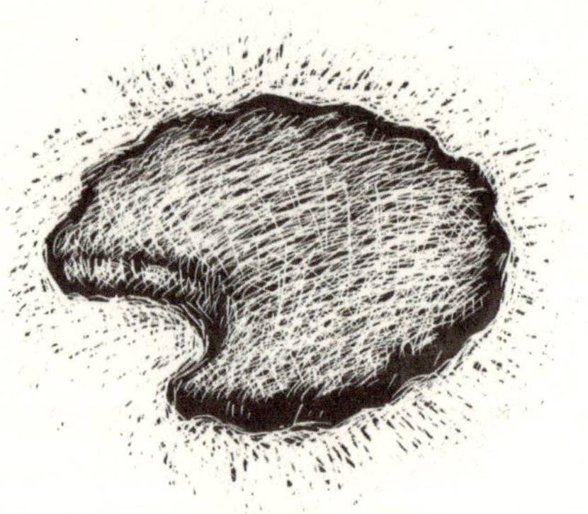

Kekse

Die Mädchen hatten ihre Mutter verloren. Vor ein paar Monaten war sie in einem weißen Krankenhaus gestorben.

Einen Vater hatten sie zum Glück noch. Nur war er immer öfter weg. Immer öfter wurde es spät, manchmal sogar so spät, dass sie schon beinahe schliefen, wenn er nach Hause kam. Ganz leise trat er dann in ihr Schlafzimmer und setzte sich auf die Bettkante.

»Es ist momentan wirklich notwendig«, flüsterte er seinen Töchtern auf ihren Kissen zu. »Ein großes neues Projekt, das versteht ihr doch, oder?«

Die Mädchen nickten, zu schläfrig, um zu hören, was genau sie verstehen sollten, aber ihr Vater wollte nun einmal gern, dass sie es verstanden. Denn wenn alles im Leben zusammengestürzt ist, braucht man etwas zum Festhalten, und für ihren Vater war das seine Arbeit.

»Es läuft doch alles gut«, sagte er, wenn er sie morgens beim Frühstück kurz sah. »Ihr seid meine tapferen großen Mädels.«

Und dann nickten die Mädels und lächelten so tapfer, wie sie nur konnten.

Grete war die Ältere und musste darum die Vernünftigere sein. Ihr gab der Vater Geld für die Einkäufe.

»Milch und Gemüse«, sagte er, wenn er sich, noch kauend, schon die Jacke überzog. »Gesunde Ernährung ist das A und O, aber das weißt du ja.«

Ja, Grete wusste es genau. Aber wenn das Leben eine Lücke geschlagen hat, muss man sie mit etwas füllen, und gesunde Ernährung hilft dabei nicht sonderlich. Sie kaufte Weingummis, Lakritz, Mäusespeck, Kekse und Cola, und wenn dann noch Geld da war, auch mal einen Apfel für ihre Schwester Hasi.

Hasi mochte keine Süßigkeiten. Und das war gut, denn Grete ließ nur selten etwas übrig. Sie stellte die Einkaufstasche auf den Tisch, packte sie gar nicht erst aus und aß, bis sie leer war. Oft auch den Apfel. Danach musste sie weinen, vor Bauchschmerzen und Reue und Schuldgefühlen, weil nun alles alle war, und am meisten natürlich wegen ihrer Mutter.

Hasi tröstete sie dann und sagte, am nächsten Tag sei bestimmt alles besser. Dann werde der Vater früher nach Hause kommen und länger bleiben und bestimmt würden sie zu dritt etwas Schönes machen, ins Kino gehen, ins Schwimmbad oder einfach am Tisch eine Runde Karten spielen.

Darum bat sie ihren Vater auch jeden Morgen. Er nickte dazu und meinte, ja, ganz sicher. Nur nicht heute.

»Aber bald«, fügte er hinzu. »Morgen. Oder spätestens nächste Woche.«

»Echt? Nächste Woche? Hand aufs Herz?« Hasi nahm die Hand ihres Vaters und ließ ihn schwören.

Denn wenn so viel von dem, was immer da war, verschwunden ist, braucht man etwas zum Festhalten, und Hasi hielt sich mit der einen Hand an ihrer Schwester fest und mit der anderen an ihrem Vater. Aber sein Griff wurde immer schlaffer, als wäre die Hand eingeseift, und nachdem er wochenlang keines seiner Versprechen gehalten hatte, entglitt er ihr ganz.

Er kam nicht mehr nach Hause. Einen Abend. Zwei Nächte. Drei.

»Was, wenn er nie mehr wiederkommt?« Grete nagte weinend am letzten Kerngehäuse herum. Das Geld war alle, der Brotkasten leer, und im Vorratsschrank stand nur noch ein Glas Essiggurken.

»Klar kommt er wieder.« Hasi nickte, als wäre sie fest davon überzeugt.

»Und wenn nicht?«

»Dann denken wir uns was aus, wie wir an Essen kommen.«

»Was denn?«

»Was Schlaues.«

Gleich am nächsten Morgen begannen sie, in der Schule ihre Spielsachen einzutauschen. Die Mädchen hatten viele schöne Sachen, ihr Vater war immer großzügiger mit Geschenken gewesen als mit sich selbst. Und die Kinder aus der Klasse waren sehr gern bereit zu tauschen.

»Am liebsten gegen Geld, aber Essen geht auch«, sagte Hasi.

Alle Kinder entschieden sich für Essen.

Den Inhalt ihrer Lunchboxen gegen Legozüge, Barbiepuppen oder teure Plüschbären – kein schlechter Tausch. Für Hasi war das kein Problem, ihr waren

Sachen nicht besonders wichtig. Grete tat sich schwerer damit, aber kein Essen ist schlimmer als kein Spielzeug, und schon bald war ihr Zimmer bis auf die zwei Betten leer.

»In der Wohnung ist noch genug«, sagte Hasi und schleppte zusammen mit Grete alles Mögliche in die Schule: den Fernseher, die Lampen, die Stühle. Die anderen Kinder hatten sich bald daran gewöhnt, ebenso deren Eltern, die ihnen zusätzliche Pausenbrote mitgaben.

»Aber gut verhandeln«, sagten sie. »Dabei lernt man was fürs Leben.«

Dem Lehrer fiel es zwar auf, aber er hielt es für ein lustiges Spiel und fragte darum nicht nach. Erst als die Mädchen mit der großen Standuhr auf ihrem Roller ankamen, schritt er ein.

»Das könnt ihr nicht mit ins Klassenzimmer nehmen«, sagte er, als sie das schwankende Ding hereinkarrten. »Wem gehört es überhaupt?«

»Mir!« Der reichste Junge meldete sich. »Selber getauscht.«

»Stimmt das?«

Die Schwestern nickten. Der Junge hatte ihnen eine

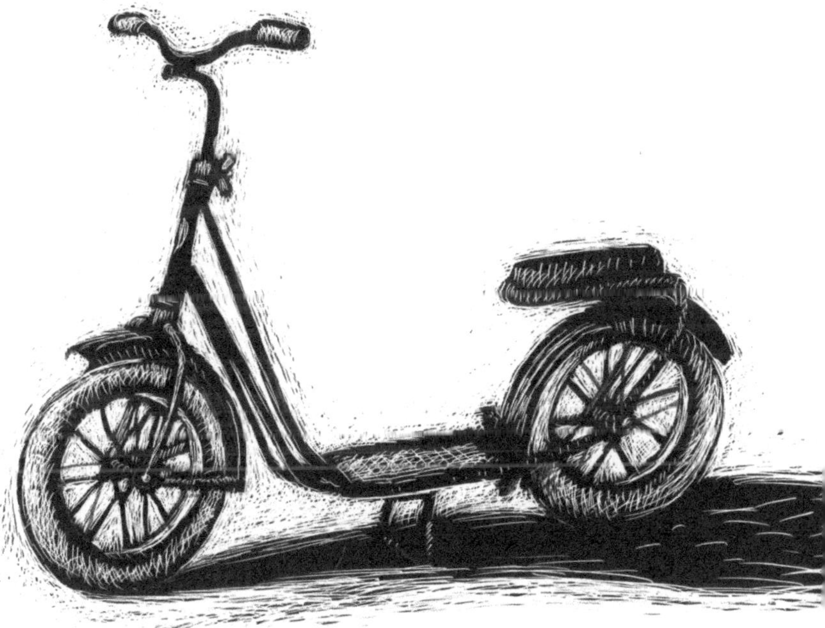

Tüte Kekse mit rosa Zuckerglasur dafür gegeben, die Hasi rasch eingepackt hatte, sonst wären sie im Nu aufgegessen gewesen. Sie half dem Jungen, die Uhr wieder in den Flur zu schaffen.

»Den Roller auch«, verlangte der Junge. »Sonst gilt der Tausch nicht.«

Hasi nickte nur.

»Bringt so was nicht mehr mit in die Schule«, sagte der Lehrer zu den Mädchen, und sie nickten brav.

Es wäre auch nicht mehr gegangen, denn die Wohnung war leer. In der Küche stand nur noch der Esstisch, der nicht durch die Tür gepasst hatte. Er lag voll mit Rechnungen und bunten Prospekten von Sachen, die sie nie würden kaufen können.

Und ihr Vater war noch immer nicht wiedergekommen.

Die Schwestern mussten sich alle Mühe geben, nicht zu weinen, als sie nach der Schule in ihr leeres Zuhause kamen. Hasi setzte sich auf den Tisch. Und Grete auf den Fußboden.

»Gib mir die Kekse«, sagte sie.

»Nein.« Hasi schüttelte den Kopf. »Damit machen wir was anderes.«

Die Kekse waren so fürchterlich rosa, dass es in den Augen wehtat. Hasi brach einen mittendurch und legte eine Hälfte auf den Gehweg vor ihrem Haus neben die Ampel. Dann ging sie mit ihrer Schwester an der Hand bis fast ans Ende der Straße. Als sie sich umsahen, war der rosa Fleck noch gut zu erkennen.

»Wir suchen Papa«, sagte Hasi. »Wenn wir an jeder Ecke einen halben Keks hinlegen, finden wir jederzeit den Rückweg. Gute Idee, was?«

Grete betrachtete zögerlich die Kekstüte. *Liebmütterkekse* stand in rosagoldener Schrift darauf. Sie wollte so gern einen Keks, dass sie fast nichts anderes mehr denken konnte.

»Dummi«, sagte sie. »Dann essen die Vögel sie auf.«

»Nein, Dummi.« Hasi war bereits ein Stück weitergegangen. »In der Stadt gibt es doch gar keine Vögel.«

»Dummi.« Grete hüpfte hinter ihrer Schwester her. »Und wenn es regnet? Dann werden sie fortgeschwemmt.«

»Nein, Dummi. Es regnet garantiert nicht.«

Und danach sah es tatsächlich aus: Der Himmel war strahlend blau, schon die ganze Woche. Ideales Wetter, um mit seinem Vater ins Schwimmbad zu gehen, falls

man einen hatte. Oder um das Planschbecken auf dem Balkon zu füllen, falls es noch da gewesen wäre.

»Aber …« Grete blickte sich um. Die Stadt dehnte sich nach allen Seiten aus. »Wir wissen doch nicht, wo …«

»Klar wissen wir wo, Dummi. Wir waren schon dort.«

Das stimmte: Als ihre Mutter noch lebte, hatten sie Papa manchmal von der Arbeit abgeholt, als Überraschung.

»Es ist ein graues Bürohaus«, sagte Hasi überzeugt. »Wir erkennen es bestimmt. So schwer kann das nicht sein.« Sie legte einen halben Keks neben einen Laternenpfahl. »Und jetzt nach links.«

Grete sah das rosa Halbmöndchen an und seufzte.

»Na gut«, sagte sie. »Aber *ich* lege die Kekse hin.«

Hasi zögerte erst, doch dann gab sie ihrer Schwester die Tüte.

Es war viel schwieriger als gedacht. Die Stadt war hoch und lärmig und kompliziert, und sie wussten gar nicht mehr, an wie vielen grauen Bürohäusern sie schon geklingelt hatten, ohne dass jemand aufgemacht hatte. Oder sie waren vom Portier weggeschickt worden. Niemand kannte ihren Vater.

So zogen sie eine langsame Spur durch die Stadt. Sie gingen brav auf dem Gehweg und warteten bei jeder roten Ampel, wie sie es gelernt hatten.

Allmählich taten ihnen die Füße weh, und ihre Mägen zogen sich vor Hunger zusammen.

Zumindest Hasis Magen. »Du legst die Kekse aber schon hin, oder?«, sagte sie ein paarmal zu Grete.

Die nickte mürrisch. »Klar. Traust du mir nicht?«

»Doch.«

»Ich bin die Ältere, ich habe die Verantwortung!« Es knirschte laut, als Grete ärgerlich den nächsten Keks mittendurch brach.

Kaum schaute Hasi kurz weg, steckte sie beide Hälften in den Mund. Dabei hatte sie sich fest vorgenommen, nichts von den Keksen zu essen. Aber wie so oft, wenn sie sich vornahm, etwas nicht zu tun, tat sie es doch. Vorsichtig lutschte sie an der rosa Glasur, damit Hasi sie nicht kauen hörte.

»Ich glaube, wir sind bald da«, sagte Hasi immer wieder. »Die Gegend kommt mir bekannt vor.« Und sie gingen durch eine weitere Straße voller grauer Bürohäuser, klingelten wieder, wurden wieder weggeschickt und so langsam dämmerte es schon.

»Wir gehen besser nach Hause«, entschied Hasi. »Morgen ist auch noch ein Tag. Und zu Hause können wir die Essiggurken essen.« Sie hatte solchen Hunger, dass diese Aussicht ihr mit einem Mal richtig verlockend vorkam. »Wo liegt das letzte Stück Keks?«

Grete senkte den Blick und zerknüllte die leere Tüte in ihrer Faust.

Hasi war fürchterlich wütend geworden und Grete ebenfalls, sie hatten einander alle möglichen Schimpfnamen an den Kopf geworfen, und jede hatte gesagt, sie würde fortgehen und die andere solle zusehen, wie sie allein klarkomme, aber als sie die Tränen und den Schnodder mit ihren T-Shirt-Ärmeln abgeputzt hatten, standen sie nach wie vor in der rasch dunkler werdenden unbekannten Straße nebeneinander. Was sollten sie auch anderes tun, als zusammenzubleiben?

Sie gingen los. In die Richtung, aus der sie wahrscheinlich am ehesten nicht gekommen waren.

Die Vorübergehenden bemerkten die Mädchen nicht. Oder sie bemerkten sie sehr wohl, gingen aber schnell weiter, den Blick auf die eigenen Füße gerichtet.

»Ich kann nicht mehr, Hasi …« Grete blieb mitten auf

dem Gehweg stehen. »Echt, echt nicht mehr!« Und sie fing wieder an zu weinen.

»Doch, ein kleines Stück noch, wir sind gleich da.«

»Das sagst du dauernd, und dauernd stimmt es nicht!«

»Doch ... ich ... Am Anfang hast du die Kekse noch hingelegt, ja? Ich glaube, ich rieche einen.«

Dummi, das geht doch nicht bei den ganzen Auspuffgasen, wollte Grete gerade sagen, da roch sie es ebenfalls: ein wunderbarer, leicht süßlicher Duft. Ihren Nasen folgend, bogen die Mädchen um eine Ecke. Und da, in der nächsten Straße, erstrahlte ein Schaufenster in einem zartrosa Schein. *Liebmütterkekse* stand in rosagoldener Schrift bogenförmig auf der Scheibe. Dahinter lagen stapelweise Kekse.

Wie eine Motte flatterte Grete auf das Licht zu und presste die Stirn ans Glas. Das Geschäft war längst geschlossen, und Geld hatten sie auch keines. Aber sie wollte nicht mehr weiter, sie wollte die Kekse ansehen.

»Nein, dieses Mündchen ...«, tönte es auf einmal. »Seht nur!«

»Dieses Schnütchen, diese sehnsüchtigen Augen ...«, sagte eine andere Stimme. »Zuckersüß!«

»Total niedlich!«

»Zum Fressen!«

Mit einem Mal standen drei Frauen hinter dem Fenster, rund und rosa, mit blonden Zöpfen. Sie lachten und nickten Grete zu und streckten die Arme aus, wie um sie durch das Glas zu umarmen.

Und dann ging auch schon die Tür auf, und mit dem Keksduft wehten liebliche Stimmen zu den Schwestern im Abenddunkel. »Kommt, kommt rein, ihr Mädchen! Schnell!«

Grete folgte sogleich der Aufforderung.

»Das lassen wir lieber«, sagte Hasi leise. Aber weil sie nicht wusste, wohin sie sonst sollten, ging sie ihrer Schwester nach.

Es schien, als wären sie im Himmel gelandet. Die Luft roch ganz wunderbar nach warmer Milch mit Zucker und einem Hauch Zimt, wie ihre Mutter sie früher zubereitet hatte, wenn sie nicht einschlafen konnten.

Ihre Mägen fühlten sich hohl an, und in ihren Köpfen waren nur noch Gedanken ans Essen. Wie schlafwandelnd gingen die Schwestern hinter den rosa Frauen her.

Die trippelten um sie herum, vorn und hinten und seitlich, nahmen Grete bei der Hand und platzierten sie auf einen weichen Hocker mitten im Raum. Dann trugen sie Teller voller Kekse, Becher mit dampfendem Kakao und Fotoapparate herbei.

»Happ-happ!«, sagten sie, und eine der Frauen hielt Grete einen Keks vors Gesicht, zog ihn aber weg, als diese danach griff.

»Nein nein, erst noch mal das Schnütchen. Fürs Foto.«

»Schnütchen?«, fragte Grete.

»Ja, die Lippen spitzen und sehnsüchtig gucken, so wie vorhin. Als ob du nichts auf der Welt lieber willst als den Keks.«

Das war nicht weiter schwer, denn genauso war Grete zumute. Sie tat also wie geheißen und streckte die Hand aus.

»Ja! Ja, so! Das meinen wir!«

Und sie machten Fotos von Grete, unzählige Fotos. Von den vielen Lichtblitzen wurde ihr ziemlich schwindelig.

»He, was machen Sie da mit meiner Schwester?«, fragte Hasi, die immer wieder zur Tür hinschielte.

»Na so was, die Kleine ist eifersüchtig!« Die rosa Frauen kicherten. »Willst du auch auf den Hocker? Nachher darfst du.«

»Nicht unbedingt«, sagte Hasi. »Aber darf ich vielleicht mal telefonieren?«

»Sicher«, sagten die Liebmütter. »Sobald wir fertig sind.«

Erst musste Grete noch einmal nach dem Keks greifen und dann noch einmal mit der anderen Hand, danach noch einmal mit gekämmtem Haar und schließlich bekam sie ihn. Sie biss herzhaft hinein.

»Oh, wie sie sich freut!«, gurrten die Liebmütter. »Die prallen Bäckchen!«

Wieder klickten und blitzten die Fotoapparate.

»Fein, was? War das nicht der allerfeinste Keks auf der ganzen Welt?«

Grete nickte leicht verdattert, aber genauso war es. Sie fragte, ob sie noch einen Keks haben könne.

»Ja, aber erst noch mal lachen, freu-freu. Ja, prima! Bleib so!«

Es blitzte von allen Seiten, die Frauen kniffen Grete in die Wangen und wedelten mit Keksen, um ihre Aufmerksamkeit darauf zu lenken.

»Schau her! Ja, hierher! Gut so! Bisschen mehr strahlen noch, geht das? Nein, nicht zu deiner Schwester gucken. Die ist nachher dran.«

Als sie hundert Bilder von Grete geschossen hatten, durfte Hasi auf den Hocker. Einen Keks wollte sie schon, aber lachen nicht.

»Nun mach endlich«, sagten die Frauen. »So wie deine Schwester, freu-freu!«

»Ich freue mich aber nicht«, sagte Hasi. Besorgt schaute sie zum Fenster, hinter dem es inzwischen stockdunkel war. Wenn ihr Vater heute nach Hause kam, würden sie nicht da sein.

»Wie bitte? Welches Kind freut sich denn nicht über einen Liebmütterkeks? Los jetzt, freu-freu!«

Aber mit Hasi war nicht viel anzufangen. Als sie den Keks endlich bekam, nahm sie nur einen kleinen Bissen davon.

»Schmeckt fein, was? Happ-happ!«

»Ja, schon«, sagte sie höflich. »Sehr fein. Kann ich danach bitte einen Apfel haben?«

»Einen Apfel?« Die Liebmütter schüttelten verwundert die Köpfe. Welches Kind isst denn freiwillig einen Apfel!?

Sie scheuchten das komische Kind vom Hocker und setzten Grete wieder darauf. Sie herzten sie und gaben ihr weitere Kekse zu essen und Kakao zu trinken,

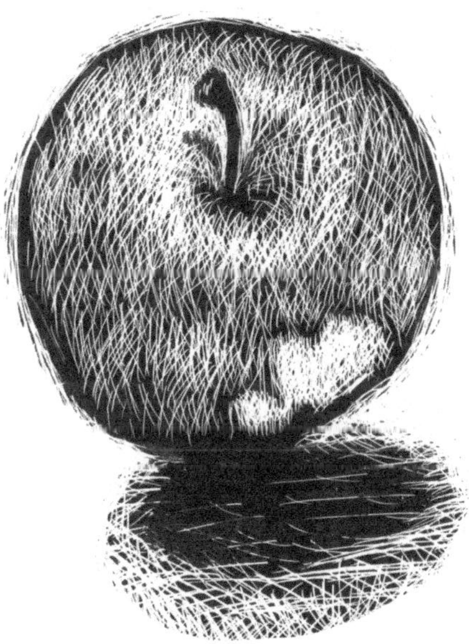

und sie kam kaum nach mit Kauen und Schlucken und Freuen über all das, was sie so lange entbehrt hatte und nun auf einmal im Überfluss bekam.

»Haben Sie vielleicht einen Computer, an den ich mal könnte?«, fragte Hasi. »Und ich muss telefonieren.«

»Warum?«, fragten die rosa Frauen argwöhnisch. »Wen willst du anrufen?«

»Meinen Vater.« Hasi schluckte. »Ich weiß aber seine Nummer nicht, und … und er ist nicht nach Hause gekommen und …«

»Schon ganz lange nicht!« Grete fing an zu weinen.

»Ach, ihr armen Waisen!«, riefen die Mütter. »Verlassen und vergessen! Ausgesetzt in der großen bösen Stadt …« Unter ihren anmutig geschwungenen Wimpern hervor tauschten sie rasche Blicke.

»Gar nicht wahr!«, rief Hasi. »Er kommt bestimmt. Morgen oder übermorgen oder …«

»Oder überhaupt nie mehr!«, schluchzte Grete.

»Ihr armen, armen Kinder!«, klagten die Liebmütter. »Was für ein schrecklicher Mann!«

Ist er nicht!, wollte Hasi rufen, doch ihre Schwester weinte nun so laut, dass kein Wort mehr zu verstehen war.

»Zum Glück habt ihr zu uns gefunden«, beschwichtigten die Mütter. »Zum Glück seid ihr jetzt hier im Warmen und in Sicherheit. Und ihr dürft bleiben, so lange ihr wollt. Morgen lassen wir einen Friseur kommen. Und fotografieren euch auch in anderen Outfits, das klingt doch gut, oder?«

»Aber ich muss doch meinen Vater …«, sagte Hasi.

»Kommt schon noch, kommt alles.« Die Liebmütter streichelten Grete und versuchten, Hasi zu küssen. »Morgen. Oder übermorgen. Das sehen wir dann. Erst mal schlaft ihr euch aus.« Und sie schoben die Mädchen sanft in ein Zimmer mit zwei Betten. Rosa die Bezüge, rosa die Laken. Die Schwestern waren so müde, dass sie sich in die Federn plumpsen ließen.

»Wir bleiben auf keinen Fall hier«, sagte Hasi, als die Mütter die Tür zugezogen hatten. »Ich bin sicher, das sind Hexen.«

»Dummi«, sagte Grete und schmiegte das Gesicht ans Kissen. »Hexen sind doch nicht rosa.«

In seinem grauen Bürohaus saß der Vater von Hasi und Grete hoch über der Stadt an seinem Schreibtisch. Er quetschte den Telefonhörer so fest, dass es fast wehtat.

Gerade hatte er mit einem letzten Telefonat den allerletzten Deal für das große Projekt abgeschlossen, und nun war ihm, als erwachte er aus einem langen Traum voller Hin und Her und Hü und Hott.

Plötzlich fiel ihm wieder ein, dass er Töchter hatte. Und dass er als Einziger für sie verantwortlich war. Und dass er sie seit über einer Woche allein gelassen hatte. Ein genauer Blick in den Terminkalender hätte ihm verraten, dass es beinahe zwei Wochen waren. Darum schaute er nur flüchtig hin.

Hatte er sie tatsächlich vergessen? Die ganze Zeit?

Während die anderen in der Abteilung den Erfolg feierten und ständig jemand vorbeilief und ihm auf die Schulter klopfte, saß er regungslos auf seinem Stuhl.

In seinem Kopf überschlugen sich die Gedanken.

Nicht weil er überlegte, was zu tun sei, denn das wusste er genau. Nach Hause gehen, auf der Stelle, alles in Ordnung bringen, dafür sorgen, dass es seinen Töchtern gut ging, und sich dann hundert Millionen Mal entschuldigen, weil er ihnen ein so schlechter Vater gewesen war. Jetzt sofort musste er das tun, durfte keine Sekunde mehr warten.

Aber er stand nicht auf und ging nicht zur Tür.

Denn wenn man etwas richtig Schlimmes gemacht hat, fällt es nicht immer leicht, das zuzugeben. Einfacher ist es dann, sich einzureden, dass es doch nicht gar so schlimm war und dass es gute Gründe gab, so und nicht anders zu handeln.

Ja, aber ich ..., ging es ihm durch den Kopf. Ich war durcheinander. Ich war in Trauer. Ich konnte nicht anders.

Ja, aber ich ... Ich habe dabei gerade ganz besonders an euch gedacht, ich musste doch Geld verdienen, für euch, für uns alle. Das musste doch sein, oder?

Ja, aber ich ..., dachte er weiter – und dann: Ja, aber ihr!

Ihr habt nie etwas gesagt. Auch nicht angerufen oder so. Meine Nummer hattet ihr doch wohl.

Oder etwa nicht? Hatte er ihnen die Nummer je gegeben? Er quetschte den Telefonhörer fast kaputt. Das hätte er aber wirklich tun müssen!

Ja, aber ... ging es in seinem Kopf wieder los, ich war durcheinander, ich war in Trauer. Ja, aber ich ... ja, aber ich ...

Er musste los. Jetzt. Auf der Stelle.

Aber er saß weiter regungslos da, den Hörer in der

Hand. Und im Kopf Bilder von seinen Töchtern: verzweifelt weinend, wütend schreiend, hungers gestorben.

Hätte er aus dem Fenster geschaut, dann hätte er eine der beiden gesehen. Auf einer großen Reklametafel am Haus gegenüber. Die Liebmütter hatten ihre neue Kampagne sofort gestartet. Mit leuchtenden Augen und gespitzten Lippen betrachtete Grete den Keks in ihrer Hand. *Nur das Beste für Ihr Kind!* stand in rosagoldener Schrift dabei. *Ein Liebmütterkeks!*

Aber er schaute nicht aus dem Fenster.

Die Liebmütter hatten Hasi in die Küche gesperrt. Damit sie sich dort nützlich machte, denn sie hatte sich weder in ein rosa Kleid zwängen noch freudig lachend fotografieren lassen. Da war es besser, sie schob die Teigbleche in den Ofen, stellte den Küchenwecker und nahm, wenn er schrillte, die Kekse heraus, bestrich sie mit Glasur und packte sie in Tüten.

Bestimmt zehn Mal hatten die Liebmütter Hasi vom Computer weggeholt, weil sie immer wieder hinging und etwas eintippte und telefonieren wollte, und das durfte sie nicht. Irgendwann schon, meinten sie, wenn die Zeit dafür gekommen sei. Aber die Zeit dafür kam nie.

Und außerdem solle sie nicht herumquengeln, schließlich habe sie doch auch eine schöne Barbiepuppe bekommen, und das, obwohl Grete die ganze Arbeit tue. Also! Warum sie nicht endlich mal zufrieden und dankbar sein könne? Sie solle sich ein Beispiel an ihrer Schwester nehmen, die mache ihre Sache einfach großartig!

So viele tolle Bilder hätten sie von ihr geschossen, um allen Kindern im ganzen Land ihre Kekse zu verkaufen. Das heißt, vor allem den Eltern, denn ein Kind, das sich so freut, so niedlich lacht, so über-überglücklich ist – das wollten doch alle guten Eltern.

»Schade, dass du dir keine rechte Mühe mehr gibst«, sagten die Liebmütter nicht sonderlich lieb zu Grete. »Du könntest viel fröhlicher und freudiger lachen. Müssen wir dich daran erinnern, wie du neulich hergekommen bist? Hungrig, schmutzig und verheult – das weißt du noch, oder? Zeig uns, wie dankbar du bist!«

»Nimm noch einen Keks«, sagten sie. »Wisch dir die Krümel vom Mund. Aber nicht die Schminke verschmieren!«

»Und iss den Keks nicht jedes Mal«, sagten sie. »Davon wirst du nicht dünner, und mit dicken Mädchen lässt sich nicht gut Werbung machen, das kannst du dir sicherlich denken. Also los, noch mal.«

Grete versuchte, auf alle drei Stimmen gleichzeitig zu hören, den Bauch einzuziehen, die Tränen hinunterzuschlucken und nicht mit dem Kopf zu wackeln, sonst würden die eingeflochtenen Kunstzöpfe sich lösen.

Sie betrachtete den Keks in ihrer Hand. Hatten diese Dinger ihr je geschmeckt?

»Der zergeht auf der Zunge!«, gurrten die rosa Mütter. »Und riech nur den herrlichen Duft!«

Aber es duftete überhaupt nicht herrlich, sondern nach verbranntem Gebäck und geschmolzenem Plastik. Und aus den Ritzen der Küchentür kam Rauch.

»Mit dem Ofen stimmt was nicht!«, schrie Hasi. »Darf ich bitte aus der Küche raus? Darf ich die Feuerwehr rufen?«

Erschrocken drängten sich die Liebmütter in die Küche. Stinkender Rauch quoll aus dem Backofen, eine ganze Ladung Kekse war schwarz verbrannt. Und wie, um Himmels willen, war die Barbiepuppe auf das Blech gekommen?

Hinter ihnen vorbei huschte Hasi in das kleine Büro,

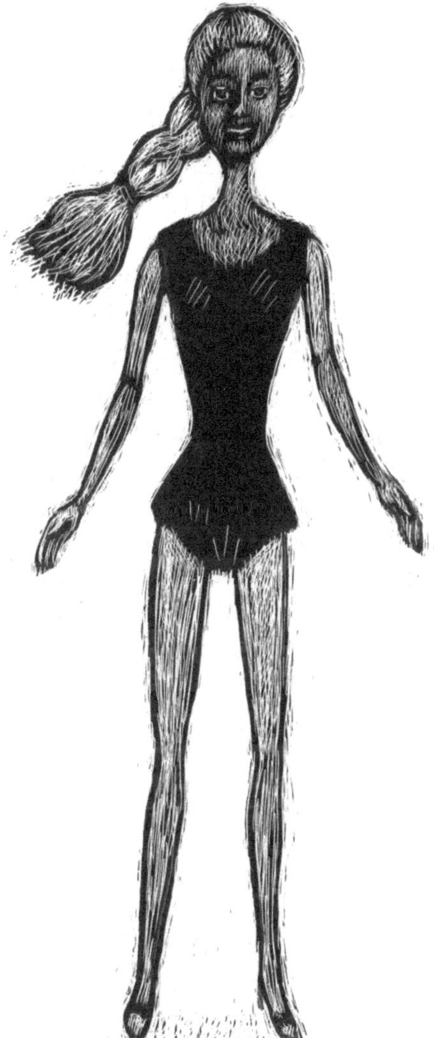

gab den Namen ihres Vaters in den Computer ein und klickte auf »Suchen«.

Und noch einmal und noch einmal und noch einmal.

Es war noch viel schlimmer als befürchtet, das sah der Vater von Hasi und Grete schon, als er die Wohnungstür aufmachte.

Er war endlich von seinem Stuhl aufgestanden, hatte sein Büro verlassen, war die Treppen hinabgegangen, immer schneller und immer mehr Stufen auf einmal nehmend, war den ganzen Weg nach Hause gerannt, ohne ein einziges Mal stehen zu bleiben, hinter sich ein Chaos aus hupenden Autos, und nun ging er noch völlig außer Atem durch die Wohnung.

Alle Möbel waren weg, bis auf den Tisch in der Küche. Und die Mädchen ... Beim Gedanken an seine Mädchen knickten ihm die Knie ein.

Er musste die Polizei rufen. Sofort. Aber er traute sich nicht.

WIE lange?, würden sie fragen. *Was für ein Rabenvater sind Sie, Ihre Kinder eine geschlagene Woche lang ... zwei?!*

Wir haben sie natürlich längst dem Jugendamt über-

geben, würden sie sagen. *Glauben Sie bloß nicht, dass Sie die beiden je wiedersehen. Und das ist Ihr verdienter Lohn, nur damit Sie's wissen! Sie Unmensch!*

Auf dem Boden des Kinderzimmers fand er das Kissen von Grete und eine Zudecke, die leicht nach Hasi roch. Er legte sich darunter. Einen kleinen Augenblick, sagte er sich. Nur um Mut zu sammeln. Danach würde er sich allem stellen und regeln, was zu regeln war. Ganz bestimmt.

Er wurde wach, als sein Handy klingelte. *Nummer unbekannt* stand auf dem Display. Ein Kunde? Nicht jetzt! Er drückte den Anruf weg, auch ein zweites Mal. Erst beim dritten Mal meldete er sich.

»Ja, bitte?«, sagte er ungehalten. »Wer? Die Feuerwehr? Nein, hier ist nicht die …«

»Papa?«, flüsterte Hasi am anderen Ende. »Habe ich dich endlich gefunden?«

»Ein einziges Mal noch!«, riefen die Liebmütter gestresst, als die verdorbenen Kekse und die geschmolzene Barbiepuppe im Abfalleimer waren und Hasi das Löschwasser aufwischte. »Das hat so viel Zeit gekostet!

Wir können nicht einen ganzen Tag auslassen. Los, hinsetzen! Hinsetzen und lachen!«

Wieder platzierten sie Grete in ihrem rosa Kleid und mit der Zopffrisur auf den Hocker und hielten ihr einen Keks vor die Nase. Und Grete, die das Ganze unendlich satthatte, wagte nicht zu protestieren und gab sich alle Mühe, noch ein einziges Mal zu lachen, so freudig sie nur konnte, da sah sie plötzlich etwas durch das Schaufenster draußen auf der Straße.

»Oh ja! So!«, riefen die Mütter im Chor. »Das meinen wir, sehr gut, bleib so!«

Ihre Fotoapparate klickten und blitzten, aber das Mädchen stand auf und rannte zur Tür. »Papa!«, rief sie unter Freudentränen.

Und von der Küchentür her gellte der gleiche Ruf.

»Keine Sekunde davon kommt mehr ins Fernsehen«, sagte der Vater streng. Er war froh, sich wieder verantwortungsbewusst geben zu können. »Und nichts in die Zeitung oder sonst wohin. Ich erlaube das nicht!«

»Aber das Geld ...« Die Liebmütter seufzten. »Wenn wir Ihnen fünf Prozent vom gesamten ...«

Der Vater schüttelte sehr entschlossen den Kopf.

»Zehn Prozent? Zwanzig?«

»Nichts da! Sie können froh sein, dass ich nicht die Polizei rufe!«

Hasi und Grete blickten strahlend zu ihrem vernünftigen Vater auf, der sich hüten würde, das jemals der Polizei zu melden.

Mit seinen Töchtern verließ er den Laden.

Hinter ihrem rosa Schaufenster standen die Liebmütter und sahen sie die Straße entlanggehen, die Mädchen hüpften neben ihrem Vater her. Niemand von den dreien drehte sich um.

»Papa ...« Hasi ergriff die Hand ihres Vaters. »Bleibst du in Zukunft ... Gehst du nie mehr so lange ...«

Der Vater schüttelte entschlossen den Kopf. »Nie mehr«, sagte er.

»Bleibst du immer bei uns? Schwörst du das?«

»Immer.« Der Vater nickte. »Das heißt«, sagte er dann, »es muss natürlich ... äh ... ich weiß ja nicht, was ihr mit den Möbeln gemacht habt, aber wir brauchen schon neue, und äh ... dafür muss ja wohl jemand ...«

»Aber diese Woche«, sagte Hasi. »Diese ganze Woche bleibst du zu Hause.«

Wieder nickte der Vater. »Klar. Diese ganze Woche.«

Eine Weile gingen sie schweigend weiter.

»Auf jeden Fall ...«, sagte er. »Auf jeden Fall morgen. Hand aufs Herz.«

Die Mädchen sahen sich an. Grete seufzte leise.

»Es ist doch auch ohne mich gegangen, oder?« Der Vater wuschelte ihnen durch die Haare. »Und es ist gut gegangen, ihr seid meine tapferen großen Mädels. Also: Was machen wir jetzt? Wollt ihr ins Kino? Oder schön essen gehen?«

Die Mädchen aber wollten einfach nur nach Hause. Auch wenn dort keine Lampen und keine Stühle mehr waren. Denn wenn man so froh ist, wieder zusammen zu sein, dann macht es einem nichts aus, im Dunkeln auf dem Boden zu sitzen.

»Sollen wir dann was Leckeres zum Mitnehmen kaufen?«

»Kein Hunger«, sagte Grete.

»Zu Hause sind noch Essiggurken«, sagte Hasi und lächelte. Sie drückte die Hand ihres Vaters und nahm mit der anderen die Hand ihrer Schwester. Und hielt beide so fest, dass es fast wehtat.

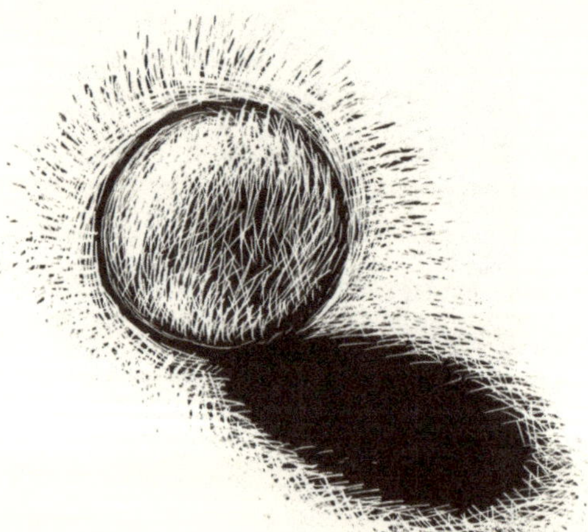

Frosch

Das Mädchen ist ihm natürlich immer noch sehr dankbar, dass er ihre goldene Kugel aus dem Teich gefischt hat. Und natürlich durfte er daraufhin bei ihr am Tisch sitzen und von ihrem Teller essen, und dann ließ sie ihn sogar bei sich im Bett schlafen. Zuerst lag sie ganz am Rand, um ihn möglichst nicht zu berühren, aber als sie eines Nachts von selbst aufeinander zugerutscht waren, hatte sie ihn schließlich doch geküsst, mit zusammengekniffenen Augen und spitzen Lippen.

Es war längst nicht so eklig wie gedacht.

Aber geändert hatte sich dadurch nichts.

»Vielleicht ist *ein* Mal nicht genug«, quakte er. Da küsste sie ihn noch ein paar Male.

»Oder vielleicht musst du liebevoller sein. Es wirklich ernst meinen. Sonst klappt es nicht.«

Sie gab sich alle Mühe, es wirklich ernst zu meinen, war so liebevoll, wie sie nur konnte.

»Das ist so frustrierend«, sagte er. »Bestimmt liegt es an mir.« Er schaute ganz traurig drein. »Vielleicht brauche ich einfach mehr Zeit.«

Sie ließen einige Tage verstreichen. Und noch einige Tage. Stellten den Wecker jedes Mal eine Stunde später, und wenn er klingelte, küssten sie sich. Dann warteten sie zusammen, so geduldig sie nur konnten. Aber nichts geschah.

»Weil ich jetzt das Gefühl habe, es muss unbedingt klappen«, sagte er. »Und dann geht es nicht mehr. Zwing mich also nicht.«

Sie versuchte, ihn nicht zu zwingen.

Unterdessen aß er jeden Tag, was auf den Tisch kam, und trank in den zwei großen Sesseln beim Kamin mit ihrem Vater Bier. Dabei erzählten sie einander Witze und rülpsten um die Wette. Er half ihrer Mutter beim Abwaschen, so gut er es mit dem großen Geschirrtuch in den Händen vermochte.

Manchmal sprang er unversehens ins Spülwasser zwischen die Tassen. Das erschreckte die Mutter jedes Mal, aber sie musste auch jedes Mal über seine Verrücktheit lachen.

Und jeden Nachmittag nahm er ein ausgiebiges Bad. Das werde gewiss helfen, meinte er.

»Ich spüre, dass ich mich allmählich verwandle, Liebste«, sagte er dann. »Siehst du es?«

Das Mädchen nickte. »Ja, ein bisschen vielleicht.« Sie bemühte sich sehr, es zu sehen. Aber sie sah nichts.

Und es gab auch nichts zu sehen.

Er war ein Frosch.

Ein Frosch.

Ein Frosch.

»Aber schon ein netter Frosch, oder?«, sagte ihre Mutter. »Ich würde mir da nicht groß Gedanken machen.«

»Ich will aber keinen Frosch«, sagte das Mädchen. »Ich will, dass er ein Prinz wird. Das hat er versprochen.«

»Ach, die Männer und ihre Versprechungen ...« Die Mutter seufzte, den Blick auf die Wohnzimmertür gerichtet. »Wenn du dich absolut nicht daran gewöhnen kannst, dann geh mal zu meiner Schwester. Die kennt sich mit vielem aus.«

»Tja …« Die Tante des Mädchens schenkte zwei Tassen grünen Tee ein. »Ein Frosch ist ein Frosch. Dagegen kann man wenig machen.«

»Ich will aber keinen Frosch sondern einen Prinzen«, sagte das Mädchen.

»Gut. Dann kann zweierlei passieren. Entweder er verwandelt sich eines Tages doch noch … Nicht sehr wahrscheinlich, aber möglich. Hast du ihn denn oft genug geküsst?«

Das Mädchen nickte.

»Von vorn nach hinten, von links nach rechts?«

»Oh ja«, sagte das Mädchen.

»Und wie war das?«

Wie das war? Vergeblich, wollte sie sagen. Nach jedem Kuss hatte sie die Augen aufgemacht und wieder nicht das gesehen, was sie erhofft hatte. Und das Küssen selbst? Breitmäulig. Grün. Auch sanft. Alles an ihm war viel zu klein, das Maul aber, der Mund war gerade richtig.

»Warum lächelst du?«, fragte die Tante, der nie etwas entging.

Das Mädchen zuckte mit den Schultern.

»Oder das: Du gewöhnst dich an ihn«, fuhr die Tante fort. »Das kann auch passieren. Einen Frosch zum Mann zu haben, hat Nachteile, aber durchaus auch Vorteile.«

»Mag sein«, sagte das Mädchen. »Ich wollte aber einen Prinzen.«

»Prinzen, Prinzen ... Hast du schon mal einen Prinzen von Nahem gesehen?«

Das Mädchen schüttelte den Kopf. »Jedenfalls sind Prinzen nicht grün«, sagte sie, denn das wusste sie ganz genau.

»Stimmt, die meisten nicht.«

»Und sie sind nicht so klein und haben kein so breites Maul.«

»Ach, es kann alles vorkommen.« Die Tante pustete heiter in ihren Tee. »Aber wenn du dich partout nicht überwinden kannst, dann ... dann muss eben einer von euch gehen.«

»Gehen?«

»Ich würde sagen: du.«

»Ich?«

Die Tante nickte. »Männer ... Frösche brauchen ihre gewohnte Umgebung.«

Damit hatte das Mädchen nicht gerechnet. »Aber gibt

es denn nicht … also, ich dachte … einen Zauberspruch vielleicht, eine Pille oder so?«

»Für solche Fälle gibt es keine Pillen«, sagte die Tante. »Weder Pillen noch Abkürzungen zum Ziel. Das Leben ist nun mal kein Märchen.«

»Nein?«, fragte das Mädchen.

»Jeden Tag das Bett machen, die Tasche packen und gehen – das ist es auch schon. Habe ich recht, oder habe ich recht?«

»Schon, aber ich …«

»Und jetzt mach, dass du weiterkommst, Nichte. Ich habe heute noch mehr zu tun.«

»Aber …«, wandte die Nichte noch einmal ein. »Wenn ich das mache, also wenn ich gehe, finde ich dann auch einen?«

»Einen was?«

»Einen Prinzen.«

»Oh ja, bestimmt.« Die Tante trank ihren Tee aus, stellte die Tasse ab und lächelte ihre Nichte an. »Du musst nur gründlich suchen.«

Am nächsten Morgen machte das Mädchen ihr Bett, packte ihre Tasche, gab dem Frosch einen Kuss (was

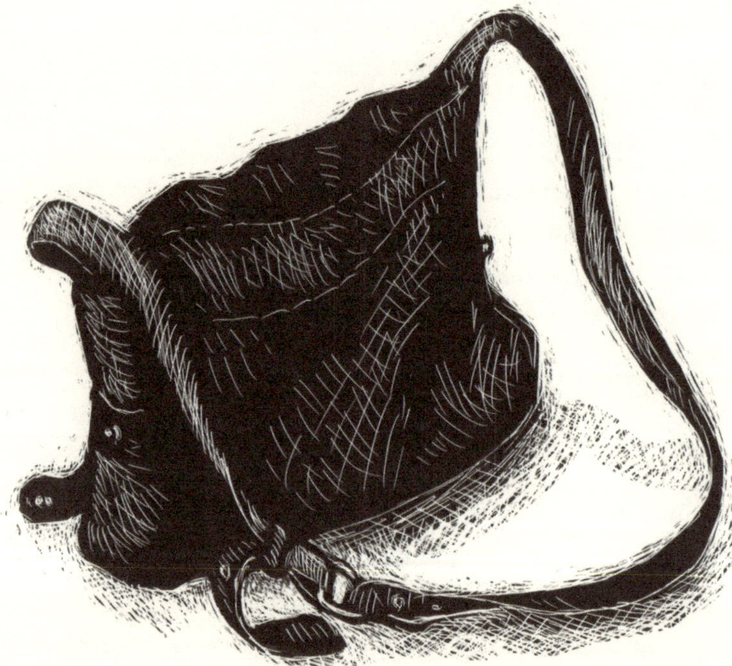

nichts brachte) und ging. Ihre goldene Kugel nahm sie mit.

Unterwegs sah sie sich gründlich um. An den meisten Männern ging sie nach einem flüchtigen Blick vorbei, bei einigen jedoch zögerte sie und sah genauer hin. Gefiel ihr, was sie sah, dann ließ sie wie aus Ungeschicklichkeit ihre goldene Kugel fallen. Sie prallte auf die Gehwegplatten und rollte davon oder landete im Rinnstein.

Sie stieß einen spitzen Mädchenschrei aus, machte ein liebreizendes und etwas hilfloses Gesicht und wartete, was sich ergab.

Die meisten Prinzen bemerkten die Kugel gar nicht, sie waren viel zu beschäftigt mit ihrem Handy oder mit ihren eigenen Gedanken. Ein paar bückten sich danach und gaben sie dem Mädchen wieder, wobei sie mit Schwung die Haare zurückwarfen.

»Pass besser auf, Herzchen«, murmelten sie. »Das Ding sieht teuer aus.« Und schon waren sie weg.

Ein Prinz beförderte die Kugel mit dem Spann auf sein Knie, balancierte sie dort kurz, ließ sie dann mehrmals von Fuß zu Fuß hüpfen und kickte sie schließlich in einem eleganten Bogen dem Mädchen direkt in die

Hand. Er sah sich Beifall heischend um, und als niemand klatschte, rannte er mit seinen glänzenden Sneakers davon.

Beim nächsten Prinzen schmiss das Mädchen die Kugel mit voller Kraft und Wut auf den Boden. Sie kullerte vom Gehweg auf die Straße und verschwand zwischen den fahrenden Autos und Bussen.

Der Prinz zögerte keinen Augenblick und rannte hinterher, zielstrebig im Zickzack durch den dichten Verkehr. Ein echter Held, dachte das Mädchen und wartete hoffnungsvoll.

Aber der Prinz tauchte nicht wieder auf. Und ihre Kugel auch nicht.

Enttäuscht setzte sie sich auf den Boden. Keine Kugel, kein Prinz. Allmählich wurde es spät.

»Ich glaube, das gehört dir«, sagte jemand. Sie blickte auf. Vor ihr stand ein Mann mit ihrer verdreckten Kugel in der Hand. »Ich habe den Schurken verfolgt und gestellt. Schlimm, dass so was vorkommt: ein solch liebreizendes, schönes Mädchen bestehlen. Eine Schande ist das!« Er wischte die Kugel an seinem Hemd ab. Dass es dreckig wurde, schien ihn nicht zu stören. Er hatte große braune Augen, lange Wimpern, einen hübschen Mund. Und er war nicht grün.

Der Prinz half ihr beim Aufstehen. Ihr Kopf reichte genau bis zu seiner Schulter – so musste es sein.

»Ein Mädchen mit einer goldenen Kugel …« Eine wohltönende Stimme hatte er auch. »Das ist wie im Märchen.«

Das Café, in das er sie führte, war erfüllt von munterem Tassen- und Löffelklappern, von kultivierten Stimmen in leiser Unterhaltung und lieblichen Geigenklängen aus den Boxen. Das Mädchen und der Prinz hatten die Köpfe dicht beieinander, und er stieß mit seiner Tasse sachte an ihre.

»Was will ein Mann mehr«, sagte er und lächelte. »Guten Kaffee, entzückende Gesellschaft …«

»Und feines Gebäck«, ergänzte das Mädchen und biss von ihrem Keks ab.

»Ich esse grundsätzlich keinen Zucker.« Mit einem Mal hatte die Stimme des Prinzen einen strengen Ton. »Und du solltest auch besser darauf verzichten, meine Liebe.«

»Ja … nein, das wäre vielleicht besser.« Schnell legte

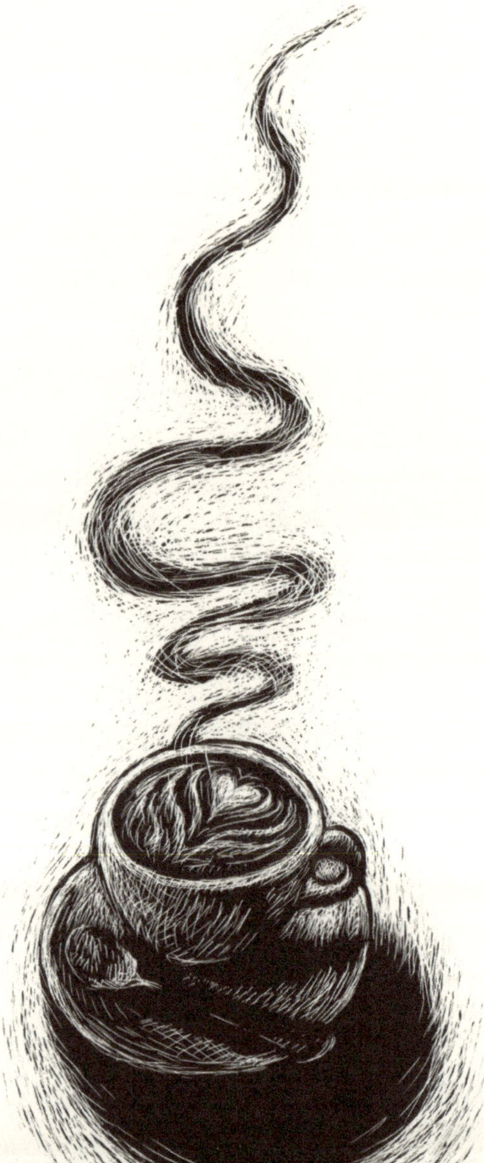

sie den angebissenen Keks auf die Untertasse zurück. In ihren Kaffee hatte sie bereits Zucker getan, sonst schmeckte er ihr nicht. Das war dem Prinzen glücklicherweise entgangen.

Er sah ihr tief in die Augen. »Weißt du was ...«, sagte er. »Eigentlich ...«

»Eigentlich was?«, flötete das Mädchen.

»Eigentlich ... solltest du deine Haare offen tragen. Das würde dir hervorragend stehen.«

»Ja? Ich mag meinen Pferdeschwanz gern.«

»Ach nein ...« Der Prinz spielte mit einer losen Strähne. »Frauen müssen lange Haare haben, die ihnen wie ein Wasserfall über die Schultern fließen.« Sanft zog er das Gummi ab. Die Haare fielen ihr fettig und verfilzt ums Gesicht. Hastig kämmte sie mit den Fingern nach.

»Ich hatte den ganzen Tag Auspuffgase um mich herum«, erklärte sie. »So sieht das nicht immer aus.«

»Spitzen nachschneiden wäre auch kein Fehler«, fuhr der Prinz fort. »Und dabei gleich die Brauen in Form zupfen lassen. Du könntest wunderschön sein, wenn du nur wolltest.«

»Oh«, machte das Mädchen. »Äh ... danke.«

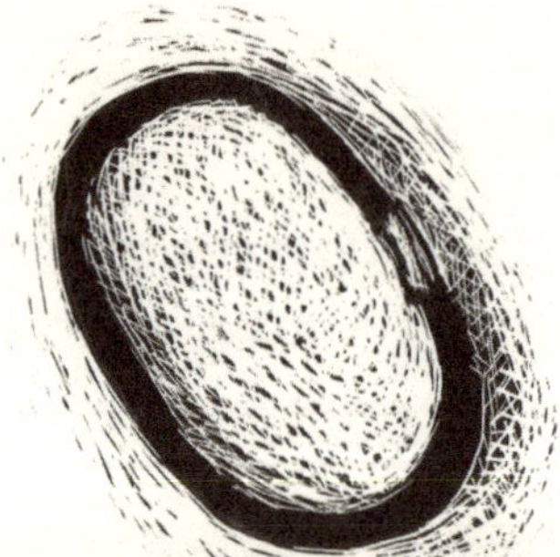

»Wir gehen zu meinem Friseur, ja? Und ich kaufe dir ein neues Kleid.«

»Was stimmt denn nicht mit …«

»Lass gut sein. Solche Sachen können wir ein andermal besprechen. Glaubst du nicht auch, dass es uns vorbestimmt war, einander heute zu begegnen? Das ist wie im Märchen.«

»Das Leben ist aber kein Märchen«, hörte das Mädchen sich sagen.

»Nein?« Der Prinz sah sie verwundert an.

»Jeden Tag das Bett machen, die Tasche packen und gehen – das ist es.«

»Nein, wie prosaisch.« Der Prinz rückte ein Stück vom Tisch ab. Die Stuhlbeine schrappten über den glatten Boden.

Ach, eigentlich sollte sie wollen. Aber sie wollte nicht.

So schöne Augen der Prinz auch hatte, ihr fehlte der treue Blick ihres Froschs. Sie hatte sich am Morgen, als sie aufgebrochen war, gar nicht richtig von ihm verabschiedet. Vielleicht glaubte er ja, sie würde nie mehr wiederkommen. Das darf nicht sein, dachte sie plötzlich.

Sie packte ihre Kugel in die Tasche und stammelte eine Ausrede.

Der Prinz bemühte sich kaum, sie vom Gehen abzuhalten.

Schon im Vorgarten hörte sie ihren Vater lachen. Der Frosch quakte fröhlich mit.

Drinnen roch es nach getoastetem Brot und Kakao, und drei Augenpaare sahen sie erfreut an.

»Hallo, Liebes«, sagte ihr Vater. »Du warst aber lange fort.«

»Ach ...« Sie stellte ihre Tasche auf einen Stuhl. »So lange war's nun auch wieder nicht.«

»Mir kam es sehr lange vor«, sagte der Frosch. »Aber jetzt bist du ja wieder da.«

Die Mutter erhob sich. »Ich mache mich ans Essenkochen.«

»Soll ich helfen?«

»Nicht nötig. Du kannst hinterher spülen.«

»Dann trockne ich ab.« Der Frosch sprang auf ihren Arm und schmiegte sich in die Ellbeuge. »Wollen wir es vor dem Essen noch mal probieren?«, quakte er leise. »Mir ist, als ob es heute klappt, dir nicht auch?«

Das Mädchen betrachtete seine grüne Haut, sein breites Maul. Nein, eher nicht, dachte sie. Dennoch lächelte sie und sagte: »Gut, das machen wir.«

Blau

I

Die Mädchen sitzen am Tisch, beide mit einem Buch vor sich. Anna mit einem großen dicken Geschichtsbuch, dessen Seiten mit kleiner Schrift bedruckt sind und Fußnoten haben, die sie kaum lesen und auch kaum begreifen kann, aber sie quält sich weiter durch den Text. Lise neben ihr hat ein viel kleineres dünneres Buch, ein kindlicheres mit vielen Bildern, das Anna schon mit fünf gelesen hat.

Sieht der Herr Pfarrer das auch?

Anscheinend nicht. Er hat noch kaum zu den Schwestern hingeschaut, ihnen nur beim Hereinkommen kurz zugenickt. Jetzt sitzt er groß und breit im Sessel von Vater, der sich linkisch zu Mutter auf die harte Bank gequetscht hat. Alle drei haben eine Tasse Kaffee vor sich. Dazu ein großes Stück vom gefüllten Spekulatius, dessentwegen Mutter den ganzen Tag über nervös war. Zwei Mal hat sie neuen Teig geknetet und sich dennoch kaum getraut, das Gebäck anzubieten – als wäre nichts fein genug für den Mann mit dem großen Bart. Der Herr Pfarrer hat sein Stück noch nicht angerührt. Er sitzt nur da und redet, seine Stimme erfüllt die Wohnstube. Er redet über die Gemeinde, was es so Neues gibt, über die Bibel ... lange. Manchmal sagen Vater und Mutter etwas dazu, meistens aber nicken sie stumm.

Anna versucht zuzuhören und sich gleichzeitig auf ihr schwieriges Buch zu konzentrieren. Und als wäre das nicht schon mühsam genug, rutscht Lise auch noch die ganze Zeit unruhig auf ihrem Stuhl herum.

Anna wirft ihr einen vernichtenden Blick zu. »Sitz still! Lies!«

Die eigene Schwester muss man lieben, so gehört es sich, aber das tut Anna nur selten. Wenn irgend möglich, hält sie sich von Lise fern. Was dieser bestimmt wenig ausmacht, denn sie wird von allen geliebt, ganz wie von selbst. Das war schon so, als sie noch ein Baby war und vergnügt in ihrer Wiege lag. Mit ihren Bäckchen, ihren Äuglein und dem Mündchen, das immerzu lachte, auch wenn es nichts zu lachen gab.

Was für ein Schätzchen, sagten die Leute, die vorbeikamen, um sie zu sehen. Ein richtiger Sonnenschein.

Anna stand dann daneben.

Und damals hatte Lise noch gar nicht ihre langen Locken, die so blond waren wie bei sonst niemandem im Dorf und alle Blicke auf sich zogen.

Was für ein Schätzchen. Ein richtiges Prachtkind.

Schönheit ist nur äußerlich und nicht das, was in diesem irdischen Tränental zählt, haben die Eltern den Mädchen eingeprägt. Sie haben die Schwestern auch immer genau gleich behandelt und sie in die gleichen Kleider gesteckt. Nichts Auffälliges, nichts Besonderes, und Lise bekam oft, was Anna zu klein geworden war. Doch ihr standen die Sachen anders – oh Himmel, ganz anders!

Der Herr Pfarrer redet jetzt leiser und beugt sich näher zu den Eltern.

»Es gehen da ... äh ... Gerüchte um, das gebe ich unumwunden zu. In einem Dorf wird nun mal getratscht. Aber ich nehme doch an, dass Sie nichts auf derartige

Erfindungen geben? Denn das sind sie: Erfindungen und Lügen!« Seine Stimme überschlägt sich kurz.

Die Eltern beeilen sich zu versichern, so etwas würden sie nicht glauben, hätten es nie geglaubt, und Leute, die solche Geschichten verbreiteten, gehörten in die Hölle, auch wenn man das natürlich keinem wünschen dürfe, und ob der Herr Pfarrer vielleicht noch Kaffee wolle?

Das will der Herr Pfarrer. Und auch gern noch ein Stück Spekulatius, das erste isst er mit zwei Bissen auf. Noch beim Kauen kommt er auf den eigentlichen Grund seines Besuchs zu sprechen.

Endlich, denkt Anna. Denn sie weiß längst, warum er da ist.

Seit das letzte Mädchen weg ist, sucht er ein neues als Haushaltshilfe, Kost und Logis frei.

Man sollte sich zwar nicht selbst überschätzen, aber Anna weiß, dass sie dafür ideal geeignet ist. Strebsam ist sie, fleißig und klug und bescheiden. Und wenn sie will, kann sie noch besser werden. Und sie will ja so gern!

Wenn das klappt, denkt sie, dann mache ich immer

alles richtig. Begehe keine einzige Sünde mehr, habe keine schlechten Gedanken mehr, bin zu allen lieb und gut und geduldig. Sogar zu Lise, was das Allerschwierigste überhaupt ist. Aber auch das wäre dann einfacher, weil sie einander unter der Woche nicht mehr sehen würden.

Wenn das klappt. Wenn er sie auswählt. Wenn sie dort wohnen darf.

Sie kennt es, alle kennen das große stattliche Haus bei der Kirche mit dem dunklen Turm. Jeden Sonntag gehen sie im Zug der schweigenden Gemeindeglieder daran vorbei.

Anna lauscht mit jeder Faser ihres Körpers, auf ihr Buch kann sie sich nicht mehr konzentrieren.

Alle Tage dort sein dürfen. Inmitten von Büchern und Predigten wohnen dürfen. Ihn umsorgen, mit ihm reden. Mit dem Mann, der einen direkten Draht zu Gott hat ... Wunderbar wäre das!

Sie weiß schon jetzt, dass sie immer seiner Meinung sein wird, dass sie, ohne zu jammern und zu klagen, hart arbeiten wird, das Feuer schüren, seine Kleidung plätten, vielleicht werden sie am Abend zusammen Tee trinken, und dann darf sie ihm zuhören, sie allein.

Niemals wird sie ihn verlassen und ihn gegen allen üblen Tratsch verteidigen.

Ich wohne doch bei ihm, wird sie sagen. *Da werde ich es ja wohl wissen.* Jawohl, so wird sie alle Klatschmäuler zum Schweigen bringen, bis schließlich das ganze Gerede vergessen ist.

Dafür wird sie sorgen.

All das will sie gern zu dem bärtigen Mann sagen, der sich nun langsam vom Sessel ihres Vaters erhebt und auf den Tisch zukommt, aber sie sagt es nicht, denn unaufgefordert sprechen ist eine Sünde, und den Mädchen, die fragen, geht es an den Kragen. Also sagt sie nichts und fragt auch nichts.

Als er hinter ihnen steht, beugt sie sich tiefer über ihr schwieriges Buch, dessen Sätze und Jahreszahlen keine Bedeutung mehr haben, aber vielleicht bemerkt er jetzt, was sie da liest, und ist beeindruckt von ihrer Klugheit, vielleicht äußert er sich dazu, vielleicht …

Der Herr Pfarrer räuspert sich.

Anna kneift die Augen zusammen. Hoffentlich lassen die Eltern sie auch gehen und fangen nicht an zu meckern von wegen, sie könnten sie nicht entbehren oder so, sie müssen es doch als eine Ehre ansehen, dass ausgerechnet eine ihrer Töchter …

»Ihr Mädchen, würde eine von euch …«, beginnt der Herr Pfarrer und hält dann inne.

Langsam macht Anna die Augen auf und riskiert einen Seitenblick. Der Herr Pfarrer hat seine Hand, die große dunkel behaarte Hand, auf Lises Schulter gelegt.

»Wäre das was für dich, Mädchen?«

II

Auf dem Boden liegen weiche Matten. Wenn Lise über die harten Fliesen geht, sind ihre Schritte zu hören, wenn sie über eine Matte geht, verstummen sie. So zieht sie eine hörbare Strichellinie durch den langen Flur.

Ganz am Ende ist das Studierzimmer, in das sie den Kaffee bringen muss, um Punkt halb acht, halb neun und halb zehn. Jedes Mal frisch gebrüht, jedes Mal mit warmer Milch und drei Löffeln Zucker. Wenn sie auf die Untertasse gekleckert hat, hebt der Herr Pfarrer die Tasse hoch und sieht zu, wie die Tropfen herabfallen.

Und dann schaut er sie unter seinen dunklen Brauen hervor an. Er sagt kein Wort, schnalzt nur ärgerlich mit der Zunge.

Sie hat jetzt stets ein Tüchlein in der Schürzentasche, damit sie vor dem Türöffnen, nach einem kleinen Klopfen und einem kurzen Knurren noch rasch die Untertasse abtupfen kann. Aber immer lässt die Abfolge Tür mit dem Ellbogen aufklinken, über die Schwelle gehen, Tür mit dem Rücken zudrücken und das kleine Stück bis zum Schreibtisch gehen die Tasse auf dem Tablett leicht wackeln. Und fast immer schwappt dann etwas Kaffee heraus.

Wieder das Hochheben, wieder der Blick, wieder das Zungenschnalzen.

»Es tut mir leid, Herr Pfarrer«, sagt sie dann, aber er antwortet nicht, bedeutet ihr nur mit einem Nicken zu gehen.

Er ist enttäuscht von ihr, kein Zweifel.

Lise geht zurück in die Küche. Beiderseits des Flurs sind Türen, und bei den meisten weiß sie noch nicht, was sich dahinter befindet. Sie will es auch gar nicht wissen, nicht einmal was hinter der Tür im Obergeschoss ist, die sie nicht öffnen darf. Mehr Zimmer, das heißt lediglich mehr Arbeit. Sehr viel Arbeit.

Wie viel besser hätte Anna das alles gekonnt, denkt Lise.

Sie sieht vor sich, wie ihre Schwester durch den Flur geht: das Tablett so gerade haltend, als würde es nichts wiegen (und das tut es durchaus, denn ist aus schwerem dunklem Holz und hat Eisenbeschläge, so als müsste es ein ganzes Service statt einer einzigen Tasse tragen), anklopfen, hineingehen, mit einer geschmeidigen Bewegung den Kaffee hinstellen, und dann würden ihr bestimmt noch ein paar nette Worte oder ein kleiner Scherz einfallen. Anna kann das. Anna verschlägt es nie die Sprache, so wie ihr.

Guten Morgen, soll ich das Fenster ein Stück aufmachen? Es ist ein so herrlicher Tag. Oder etwas in der Art.

Ich habe Plätzchen gebacken, wünschen Sie eines?

Lise traut sich weder ein Fenster aufzumachen noch einfach so Plätzchen zu backen, sie traut sich überhaupt nichts, was ihr nicht ausdrücklich aufgetragen wird. Sie muss sich schon mächtig anstrengen, damit sie nichts vergisst.

Zum Glück schmeckt ihr Essen dem Herrn Pfarrer.

Das sagt er zwar nicht wörtlich, aber die Schüsseln sind immer leer, wenn sie zum Abtragen kommt. Danach wieder Kaffee im Studierzimmer.

Zum Glück braucht sie nicht mehr mit ihm am Tisch zu essen seit den ersten paar Abenden, die sich träge hinzogen, untermalt vom Klappern des Bestecks und dem Ticken der Wanduhr, wobei der Herr Pfarrer mit vollem Mund Gesprächsfäden spann, denen Lise schon nach der ersten Wendung nicht mehr folgen konnte.

Anna könnte das. Anna ist so klug.

Lises Gedanken hatten sich in eine sichere Nische im Kopf zurückgezogen, und sie konzentrierte sich darauf, ihren Teller leer zu essen. Aber schon nach zwei Bissen war ihr Magen wie zugemauert.

»Das ist doch nicht gesund für ein Mädchen im Wachstum«, hatte er gesagt, als sie ihre Gabel weglegte. »Fühlst du dich nicht wohl, weil du nicht isst?«

Auch da fiel ihr keine Antwort ein, darum griff sie wieder zum Besteck.

»Eine kleine Unterhaltung ab und zu wäre schon ganz nett, Mädchen«, sagte er kauend.

Zu Hause bei den Eltern hatte Lise den ganzen Tag

geschwatzt, über alles Mögliche, nun aber überlegte sie angestrengt und kam auf nichts, was sich für eine kleine Unterhaltung eignete. Da war nur Heimweh. Und das durfte ja nicht sein, wenn man von allen Mädchen im Dorf ausgewählt worden war.

»Die Suppe ist ... äh ...«, brachte sie schließlich hervor. Und schon wusste sie nicht mehr weiter.

Er war jedoch freundlich geblieben.

»Das ist die Suppe gewiss.« Er hatte gelächelt und war dann auf Paulus zu sprechen gekommen.

Da hätte Anna gut mitreden können. Anna kennt sich mit solchen Dingen aus.

Als Lise dann nach dem Abendessen den Kaffee ins Studierzimmer trug, hatte die Tasse in einer großen Pfütze gestanden.

Es fühlt sich grundfalsch an, dass *sie* hier ist und nicht Anna. Ihre Schwester fehlt ihr sehr. Am meisten abends, wenn sie sich schlafen gelegt hat und kein zweites Bett da ist, in dem Anna liest und ihr schroff den Rücken zukehrt, wenn sie fragt, ob sie ihr vorlesen mag.

»Nimm dir selber ein Buch.«

Aber das hat Lise nie gemacht, lieber hat sie auf den

abweisenden Hinterkopf ihrer Schwester geschaut und gelauscht, wie sie die Seiten umblätterte.

Hier ist es vollkommen still.

III

Schön still ist es jetzt ohne Lises dummes Geplapper. Ihre Kleider haben mehr Platz im Schrank, alle Schubladen gehören ihr, und sie braucht nie mehr rasch etwas zu verstecken, weil ihre Schwester plötzlich hereinkommt. Einzig die Puppen auf dem Wandbord hat Lise hiergelassen; sie mitzunehmen, wäre kindisch gewesen. Die Puppen starren Anna an, alle dumm und hohlköpfig wie Lise. Lise, die jetzt dort ist.

Was sie wohl macht? Für ihn kochen. Sich bei Tisch mit ihm unterhalten. Alles hat sie, alles darf sie. Seine Schuhe putzen, seinen Mantel ausbürsten. Den ganzen Tag wissen, wo er gerade ist, seine Schritte hören, in Zimmern sein, die er jederzeit betreten kann.

Und sie ist hier, in diesem Haus, wo alles wie ehedem ist – die grauen Tapeten, der Tisch, das Harmonium –, wo nichts eine Bedeutung hat und das Leben mit War-

ten auf den nächsten Sonntag vergeht, um endlich wieder in die Kirche zu dürfen.

Lise darf sich dann zu ihnen in die Bank setzen. Nimmt immer gleich ihre Hand und drückt sie und will ihr flüsternd dies und das erzählen, aber so etwas gehört sich nicht, nicht während des Gottesdiensts, darum zieht sie ihre Hand weg und richtet den Blick auf die Kanzel, auf den Mann dort oben mit seinem dunklen Bart und seinem dunklen Talar, den ihre Schwester am Morgen ausgebürstet hat.

Dann gräbt Anna ihre Nägel in die Handflächen und zählt ab: die Lieder, die Gebete, den Segen, bis der Gottesdienst zu Ende ist und sie die Schwester wieder zum Pfarrhaus gehen sieht, eine kleine weiße Gestalt neben dem schwarzen Talar, die sich noch einmal kurz umwendet und zaghaft winkt. Dann treten die beiden durch die Gartenpforte, und es beginnt wieder eine lange, langweilige Woche.

Es ist erst Mittwoch, als das Telefon klingelt. Das macht es sonst nie, normalerweise hängt es schwarz und schweigend am Flurende an der Wand. Vater ruft selten jemanden an, Mutter nie. Mit wem sollten sie

auch telefonieren? Alle, die sie kennen, wohnen in der Nähe.

Anna wusste gar nicht, wie das Telefon sich anhört. Ein Feuerwehrauto, denkt sie zunächst, aber als es nicht leiser wird, sieht sie im Flur nach. Hier ist das Klingeln fast unerträglich laut. Sie nimmt den schweren Hörer von der Gabel, und sogleich verstummt es.

Sie hält ihn an ihr Ohr.

»Anna?«, flüstert es aus der Muschel. »Anna, kommst du bitte?«

»Ist es dem Herrn Pfarrer denn recht, dass ich hier bin? Hast du ihn überhaupt gefragt?«

Lise schüttelt den Kopf. »Das habe ich mich nicht getraut.«

»Dann gehe ich wieder. Ich kann doch nicht ohne seine Erlaubnis hier sein, was soll er von mir denken?« Aber statt zur Haustür geht Anna ein Stück durch den Flur. Die Bodenfliesen sind schwarz und weiß, die Matten von einem ausgeblichenen Rot. Die Türen haben breite Holzrahmen. Und hinter diesen Türen …

»Er kommt nicht vor fünf nach Hause, und bis dahin muss ich alle Böden putzen. *Alle* Böden, Anna!« Lise beißt an der Nagelhaut ihres Daumens herum. »Und wenn ich wieder nicht fertig werde …«

»Ach so, deswegen sollte ich kommen. Ich habe gedacht, weil ich dir fehle.«

»Auch! Auch! Du ahnst nicht wie sehr, Anna!«

Lise will ihr um den Hals fallen.

»Lass das, du Heulsuse.« Anna geht noch weiter durch den Flur. Sie nimmt alles in sich auf. Den Hall ihrer Schritte. Den Geruch nach gekochter Milch, nach Papier und Zigarre. Am liebsten würde sie mit der Hand über alles streichen. Über die Wand, die Garderobe mit dem schwarzen Herrenmantel, das Holz der Türen. So viele Türen …

»Oben ist noch so ein Flur«, sagt Lise beklommen. »Noch mehr Zimmer, alle mit Böden. Und einen Speicher gibt es auch. Aber den muss ich nicht aufwischen, glaube ich. Hilfst du mir bitte, Anna?«

Anna gibt zunächst keine Antwort, sondern geht noch ein paar Schritte. Etwa in der Mitte des Flurs führt eine breite Holztreppe nach oben, und an deren Ende ist eine schmalere, steilere Treppe zu sehen.

»Warst du schon überall im Haus?«

Lise schüttelt den Kopf. »Ich darf auch nicht überall-

hin. Aber ich habe das hier.« Sie holt ein großes Schlüsselbund aus ihrer Schürzentasche. In alle Richtungen stehen die Schlüssel ab, kleine und große, rostige und glänzende.

»Wenn du mit dem Bodenputzen nicht fertig wirst, was passiert dann?«, fragt Anna und schaut auf eine Treppenstufe, dann auf ihre eigenen Füße. Nicht zu ihrer Schwester hin.

Lise zieht die Schultern weit hoch. »Ich weiß es nicht. Vielleicht ...«

»Schickt er dich dann fort?«

»Ich weiß es nicht.« Lises Stimme ist ganz piepsig.

Anna sieht sie in dem langen Flur stehen. Mit Strähnen, die sich aus dem Zopf gelöst haben. Und in der zu großen hängenden Schürze, die ihr viel besser passen würde; sie ist fast einen Kopf größer als ihre Schwester. Größer als fast alle Kinder in der Schule. Bohnenstange sagen sie immer zu ihr. Oder Schlimmeres. Die Füße zu groß. Die Hände zu plump. Aber gut zum Arbeiten. *Sie* müsste ihre Schwester nicht zu Hilfe rufen, wenn sie erst einmal hier ... Anna lächelt Lise an.

»Gut, dann lass uns anfangen. Wo sind die Eimer?«

IV

Es ist so schön, dass Anna da ist. Zusammen tragen sie die Eimer, zusammen haben sie genug Hände, um unter der Pumpe in der Küche die schmutzigen Lappen auszuspülen, wenn Anna den Schwengel bedient und sie wringt. Und als sie nebeneinander kniend die Fliesen scheuern, ist es ganz wie zu Hause, als wäre alles wieder gut und sie bräuchte nicht mehr hier zu wohnen. So gewohnt ist es, Anna eine falsche Melodie brummen zu hören, wie sie es immer beim Arbeiten macht, und von ihr zur Seite geschubst zu werden mit den Worten: »Lass *mich* machen, dann geht es schneller!«

Lise spürt, dass ihr immer wieder eine Träne aus dem Augenwinkel rinnt, weil es so schön ist und so vertraut. Wenn Anna bleiben dürfte, würde sie selbst nicht fortgeschickt, dann könnten sie zusammen hier wohnen … Aber das geht natürlich nicht, das sind dumme Gedanken, und dumm sind auch ihre Tränen. Sie wischt sie ab und lässt ein paar lose Strähnen ins Gesicht fallen, damit ihre Schwester nichts merkt.

So richtig flott geht es mit dem Putzen nicht. Anna scheint viel langsamer zu arbeiten als sonst.

»Entweder wir machen es gründlich oder gar nicht«, sagt sie. Und damit hat sie selbstverständlich recht.

Aber es ist bereits vier Uhr, und sie sind gerade einmal im Erdgeschoss fertig. Als Nächstes muss die Treppe gewischt werden, und dann sind die Böden im Obergeschoss dran. Und jetzt möchte Anna auch noch Tee ...

»Wollen wir nicht lieber weiterarbeiten?«, fragt Lise.

»Ich bin müde und durstig«, sagt Anna mürrisch. »Wenn's dir nicht passt, kann ich gehen.«

»Nicht gehen!«, sagt Lise zittrig und eilt in die große Küche.

Anna folgt ihr und setzt sich an den Tisch.

Schön ist es, dass ihre Schwester sieht, wie sehr sie hier zu Hause ist, wie sicher sie sich bewegt, gleich die richtige Dose nimmt, den Wasserkessel füllt und wartet, bis das Gas zischelt, ehe sie ein Streichholz daranhält. Und auch, dass Anna alles Mögliche sehen und wissen will: wie der Herr Pfarrer seinen Kaffee am liebsten trinkt, wo die Plätzchen aufbewahrt werden und wo die Backbleche, wie man die Hintertür entriegelt. Lise erzählt und zeigt. Und Anna findet, dass ihr

Tee gut schmeckt, viel besser als der zu Hause, sagt sie, und Lise ist stolz und froh, und dann ist es auf einmal halb fünf.

Sie arbeiten sich die Treppe hinauf, Lise mit den Eimern polternd und Anna etwas langsamer mit Bürste und Lappen.

Klatschnass werden die Stufen.

»Hoffentlich trocknet das schnell! Und oben müssen wir auch noch!« Lise merkt, dass ihre Stimme sich überschlägt.

»Ganz ruhig«, sagt ihre Schwester. »Wir werden schon fertig.«

Sie putzen den oberen Flur und die ersten paar Zimmer, und die Zeit tickt weiter. Durch das Fenster am Flurende können sie die Turmuhr sehen.

»Du musst bald nach Hause, Anna, er darf dich hier nicht finden«, sagt Lise. »Vielleicht sollte ich den Rest allein machen.«

»Aber nein«, erwidert Anna. »Mitgefangen, mitgehangen.«

Wie nett sie heute zu ihr ist!

Sie schrubben die Böden im großen Schlafzimmer, in

Lises Kammer, im Bad, in der Bibliothek und in noch einem Raum voller Bücher, es sieht ganz so aus, als würde es klappen. Rasch noch die Pfützen aufwischen, mit dem Lappen über die nassen Stellen gehen, das war's dann. Die Turmuhr zeigt sieben vor fünf.

Erleichtert drückt Lise den Lappen über einem Eimer aus. Ihre Wangen sind warm und rot.

»Und das Zimmer da?« Anna zeigt auf die letzte Tür, die noch zu ist und etwas kleiner als die anderen, das Schloss funkelnagelneu.

Lise schüttelt den Kopf. »Da darf ich nicht rein.«

»Warum?«

»Keine Ahnung.«

»Aber den Schlüssel hast du, oder?«

Lise zeigt ihn vor, es ist der kleinste am Bund. »Er hat es mir aber wirklich verboten. Zwei Mal sogar.«

»Na, dann gehorchst du besser.«

Lise nickt und greift nach einem Eimer mit Schmutzwasser.

»Das heißt, außer ...«, sagt ihre Schwester langsam. Sie steht nun vor der Tür und betrachtet das Schloss.

Lise wollte schon die Treppe hinab und kommt jetzt zurück. »Außer was?«

»Außer er hat es anders gemeint.«

»Wie anders? Geh jetzt, Anna. Er darf dich hier nicht finden. Was sagt er wohl, wenn ...«

»Vielleicht hat er gemeint, du sollst *gerade* in diesem Zimmer putzen.«

»Warum sollte er das ...«

»Weil er dich auf die Probe stellen will.«

V

»Auf die Probe?«

»Genau!« Anna sieht Lise nicht an. Auf der Turmuhr tickt die Zeit weiter. Sechs vor fünf. Fünf vor fünf. Wenn der Herr Pfarrer demnächst nach Hause kommt und feststellt, dass ihre Schwester noch nicht fertig ist oder sie gar in dem verbotenen Zimmer antrifft ... »Weißt du nicht, was das heißt, dummes Ding?«

»Doch, schon.«

»So wie in der Bibel. Wo Gott zu Abraham sagt, dass er seinen Sohn opfern soll, aber eigentlich meint er das Gegenteil. Er stellt Abraham auf die Probe.«

»Ach so, ja. Aber ...«

»Was hat der Herr Pfarrer gesagt?«

»Dass ich nicht in dieses Zimmer darf«, sagt Lise nervös.

»Nein, was hat er heute Mittag gesagt?«

»Dass ich alle Böden …«

Anna lächelt. »Alle Böden sind *alle* Böden.«

»Meinst du wirklich?«, fragt Lise zaghaft.

Anna nickt.

Das ist wiederum das Gute, wenn man die Ältere ist, denkt Anna. Sie erreicht immer, dass Lise tut, was sie will. Meistens braucht es nur einen kleinen Stups, und schon sagt sie Ja.

Ich bekomme den Rest von deinem Nachtisch, Lise.

Nein, Anna, du hast doch selber … Bitte, ich habe doch so … Na gut, nimm.

Du hast die Milchflasche fallen lassen, Lise.

Gar nicht wahr, Anna, du hast sie …

Du warst es. Ich habe es selber gesehen. Du warst es. Du warst es!

Nach dem dritten Mal glaubt Lise es auch. Gibt die Schuld zu und wird bestraft. Und Anna nicht.

»Ich würde mich beeilen.«

»Ja, aber … aber … er kommt gleich, und dann findet er mich da drin und …«

»Ich gehe auf den Speicher und halte Ausschau«, bietet Anna an. »Und sobald ich ihn kommen sehe, rufe ich. Dann hast du noch genug Zeit, alles in Ordnung zu bringen.«

»Anna, ich glaube echt nicht, dass er es so gemeint hat …«

»Ich glaube es aber«, sagt Anna. »Mach's oder mach's nicht.« Sie geht zur Speichertreppe und lächelt, als sie das Schlüsselbund klirren hört.

»Du rufst ganz b-b-bestimmt, wenn du ihn kommen siehst?«

»Und ob«, sagt Anna. »Ich rufe sofort.«

Langsam geht Anna zu dem Speicherfenster an der Vorderseite. Was hier Interessantes steht! Bücher, Stühle, staubige Truhen und Schränke. Aber sie sieht sich nichts genau an. Das kommt schon noch, bald. Wenn sie hier arbeitet und das ihr Speicher ist, ihr Haus.

Das Fenster ist grau von Staub. Mit dem Ärmel wischt Anna ein Guckloch sauber und schaut hinab. Jenseits des kleinen Vorgartens beginnt der Friedhof mit den alten schiefen Grabsteinen, und dahinter liegt der Kirchplatz in der späten Nachmittagssonne.

Sie wird ihn sehen.

Aber sie wird nicht rufen.

Immer ist Lise ihr über. Immer, bei allem. Und ganz ohne sich dafür anzustrengen, sondern einfach, weil sie ist, wie sie ist. Lieb und schön und unschuldig. Und nett, so nett. Das finden alle Leute. Wie sehr Anna sich auch bemüht, sie steht immer hinter ihrer Schwester zurück. Nicht dass sie neidisch wäre – Neid ist schließlich eine Sünde.

Aber jetzt ändert sich das. Jetzt kann Lise was erleben!

Ach Lise, wie hast du mich enttäuscht ... Kannst du nicht mal einen einfachen Auftrag erledigen ... Nicht in dieses Zimmer gehen, habe ich gesagt, denn darin sind meine ... äh ... – Anna weiß nicht, was darin ist, sie muss sich etwas ausdenken – *... meine ... sehr schwierigen Bücher mit Dingen, die ein gelehrter Geistlicher wissen muss, die aber für Mädchenaugen absolut ungeeignet sind, davor wollte ich dich schützen, Lise. Und so vergiltst du es mir!*

Der Herr Pfarrer wird einsehen, dass er die falsche Wahl getroffen hat. Er wird Lise umgehend nach Hause schicken. Und dann darf Anna ihren Platz einnehmen. Endlich.

Unten gibt Lise einen ängstlichen Laut von sich. Wahrscheinlich weil das Zimmer sehr groß oder der Boden sehr schmutzig ist und sie es nie, nie, nie schafft.

Draußen auf dem Kirchplatz erklingen nun Schritte. Gelassen und gleichmäßig, so wie nur ein Mann gehen kann.

VI

Hoffentlich ist das Zimmer nicht zu groß, denkt Lise nervös, oder der Boden zu schmutzig. Damit sie ihn rechtzeitig sauber bekommt und rechtzeitig die Tür wieder abschließen kann – dann kann ihr nichts geschehen, oder? Es könnte ja sein, er verspätet sich ein wenig, das passiert manchmal. Hat die Turmuhr schon geschlagen? Sie hat nichts gehört.

»Anna? Siehst du nichts kommen?«, ruft sie.

»Nein!«, antwortet Anna von oben. »Nichts zu sehen. Zeit genug.«

Lise steckt den kleinen Schlüssel ins Schloss. Er lässt sich mühelos drehen. Sie greift nach dem schweren Eimer und öffnet die Tür.

Dass sie dieses Zimmer niemals sauber bekommen wird, ist ihr erster Gedanke. Was da alles hängt und liegt und wie der Fußboden aussieht!

Ihr zweiter Gedanke ist, dass es besser wäre, nicht zu sehen, was sie sieht.

Sie will die Tür wieder zuschlagen, aber da entgleitet ihr der Eimer und fällt auf die Seite, wie Eimer das so machen, und das Wasser fließt heraus, wie Wasser das so macht. Ihre Schuhe und Strümpfe werden nass, auch das ist nicht ungewöhnlich.

Was sie sieht, aber schon.

Es sind Mädchen dabei, die sie kennt und über die man sich Geschichten erzählt, deren Eltern traurig, besorgt oder wütend sind, Mädchen, für die man betet, auf dass sie bald wieder zur sicheren Herde zurückfinden mögen. Über die im Dorf getratscht wird. Heimlich davongelaufen seien sie, um dem eigenen Vergnügen nachzujagen. Sündige, undankbare, unzuverlässige Mädchen.

Das alles stimmt also nicht.

Lise geht rückwärts, stolpert über den Eimer, landet in der großen Pfütze. Und dann denkt sie nur noch *eines.*

»Anna!«, schreit sie. »Anna, geh fort! Lauf nach Hause, Anna! Schnell!«

Anscheinend hört ihre Schwester diesmal ausnahmsweise auf sie. Ihre Schritte klappern die Speichertreppe und dann die Treppe ins Erdgeschoss hinab. Die Hintertür fällt zu, und gleichzeitig geht vorn die Haustür auf.

Lise hört Schritte im unteren Flur.

Dann die breite Treppe heraufkommen.

Sie will die Tür zumachen, aber ihre Hände zittern, und der Eimer ist im Weg, sie tritt ihn weg, es scheppert laut, und da liegt auch noch der Putzlappen in der großen Wasserlache.

»Lise, bist du oben?«, ruft der Herr Pfarrer. »Verflixt, die Treppe ist ja noch nass.«

Lise steht mitten im Flur wie auf Gleisen, über die gleich ein Zug heranbraust.

Zum Glück ist Anna fort, denkt sie nur. Zum Glück ist Anna nach Hause gelaufen.

VII

Aber Anna ist nicht nach Hause gelaufen. Kein Gedanke daran.

Still und leise steigt sie die Hintertreppe hinauf, Stufe um Stufe, und stellt sich an die Flurecke. Hier hört sie jedes Wort, das gesprochen wird.

»Lise, Lise, Lise ...«, dringt die Stimme des Herrn Pfarrer zu ihr. »Also doch. Und ich habe geglaubt, mich auf dich verlassen zu können.« Er lacht. Irgendwie seltsam, nicht lustig. »Eigentlich hatte ich dir nicht zugetraut, dass du dich in dieses Zimmer wagst. Ein Angsthäschen wie du.«

Anna hört ihre Schwester schluchzen. Es läuft gut.

»Was ist das bloß mit euch Frauen ... Warum lasst ihr nicht die Finger davon – Eva vom Apfel, Pandora von der Büchse? Ihr könnt einfach nicht anders.«

Und jetzt ganz leise runter, denkt Anna. Und dann nach Hause und abwarten, was passiert. Dass Lise demnächst kommt, entlassen, in Schande fortgeschickt. Und danach hoffentlich der Herr Pfarrer selbst, um zu sagen, dass er leider die falsche Schwester gewählt habe. Und dass er den Fehler gern wiedergutmachen wolle, indem er nun die richtige Schwester in sein Haus nimmt.

»Und wozu führt das? Zu Ärger, Ärger und Verdruss. Alles, was jetzt passiert, hast du dir selber zuzuschreiben, Lise.«

Genau, denkt Anna und schleicht die Treppe hinab und durch die Waschküche zur Hintertür. Sie war *nicht* hier, was auch immer Lise behaupten wird. Sie hat keine Regeln übertreten, sie war nicht in dem verbotenen Zimmer, sie nicht, und ab jetzt ist sie nur noch gehorsam und brav, für den Rest ihres Lebens.

Sie hat die Hand schon am Riegel, da stößt ihre Schwester einen schrillen Schrei aus.

Anna hält inne. Einen Moment lang weiß sie nicht, was tun, denn so hat sie sich das nicht ausgemalt. Dass Lise sich aber immer derart anstellt, denkt sie erst noch, doch als ihre Schwester ein zweites Mal aufschreit und dann abrupt verstummt, denkt sie das nicht mehr.

Sie steht nur da: leer der Kopf, starr der Körper.

Auf einmal sieht sie sich selbst, vor langer Zeit, ungefähr fünf war sie und musste schon ganze Nachmittage lang ihr Schwesterchen hüten, das im Gitterbett lag und sie, die große Schwester, durch die Stäbe anguckte, vergnügte Äuglein, Pausbäckchen und ein lachendes Mündchen, und sie sieht auch, wie sie Lise an der Hand durchs ganze Dorf schleppte und in einem fort das Lied vom Laufenlernen in der langen Lindenallee sang – und plötzlich hat Anna keine Anna-Gedanken mehr, ist sie nicht mehr vernünftig und gehorsam und brav, sondern dreht sich ruckartig um und rennt die Hintertreppe wieder hinauf.

In der Mitte des Flurs hält eine dunkle Gestalt ihre Schwester fest. Am Genick, so scheint es, und das geht nicht, das darf nicht sein, und doch sieht sie es, auch wie ihre Schwester sich windet und kämpft, aber gegen den großen Mann im schwarzen Mantel kommt sie natürlich nicht an, und Anna, die nicht mehr Anna ist, stößt ein mächtiges Brüllen aus und rennt mit gesenktem Kopf auf die beiden zu.

Vor lauter Schreck verliert der Herr Pfarrer das Gleichgewicht. Und auch wegen der Nässe oben an der Treppe.

Im Fallen blickt er verdutzt von einer Schwester zur anderen, von der schönen zur hässlichen, und er lässt die schöne los und die hässliche holt mit dem Fuß aus, und obwohl sie nur ein Mädchen ist, kann sie kräftig zutreten, was ihn anscheinend wundert, doch da tappen seine eigenen Füße auch schon ins Leere, und seine Hände suchen Halt am Geländer, aber die Schwerkraft kommt ihm zuvor, er stürzt hinab und kracht mit dem Kopf auf jede einzelne Stufe.

Nach dem letzten Krachen ist es still.

Jetzt ist es Anna, die schluchzt. Lise nimmt sie bei der Hand.

Stufe um Stufe gehen sie die Treppe hinunter. Erst langsam, weil sie nicht sehen wollen, was da unten liegt, dann aber ganz schnell, weil sie direkt daran vorbeimüssen, und es könnte sich ja plötzlich eine Hand ausstrecken und einen Knöchel packen ... Aber das passiert nicht. Da bewegt sich nichts mehr, außer ihnen beiden.

Ganz schnell rennen sie durch den langen Flur zur Haustür. Nur Anna blickt sich noch einmal rasch um.

Der Mann im dunklen Mantel liegt nach wie vor da, halb auf der untersten Stufe. Im Schatten der Treppe ist sein Gesicht ein heller Fleck über dem Bart, der so schwarz ist. Blau beinahe.

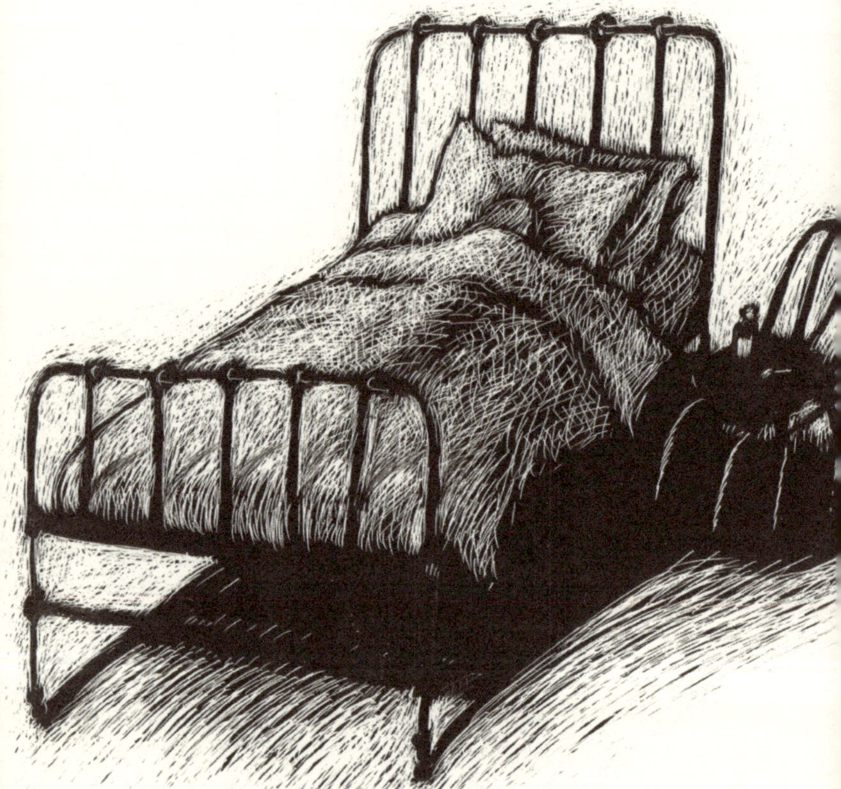

Schläferin

I

Die Mädchen waren am selben Tag geboren worden, von derselben Mutter. Aber sie ähnelten sich nicht sehr.

Das eine Mädchen war etwas liebenswürdiger und hübscher. Sie sang ein wenig schöner und hatte bessere Noten in der Schule. Und da war noch etwas.

»Soweit ich das beurteilen kann, lässt sich wenig tun«, sagte der Arzt. »Im Grunde mehr oder weniger gar nichts. Es tut mir furchtbar leid.« Einer bösen Fee gleich, machte er ein Kreuzchen im Kalender. »Bis dahin gebe ich ihr. Vielleicht ein paar Monate mehr, aber nicht länger, fürchte ich.«

Er sagte es leise, aber es schien, als hätte er die Worte quer durch den kleinen Raum geschrien, so sehr erschraken sie: der Vater, die Mutter und die beiden Schwestern.

Die Mutter und die Schwestern begannen zu weinen, und der Vater ballte die Fäuste, wie zum Zuschlagen. Als der Arzt sich rasch wegduckte, hieb er auf dessen Schreibtisch.

»Nein!«, sagte er laut. »Nein, das nehme ich nicht hin! Das wird nicht passieren. Nein!«

Zu Hause schrieb er sofort an andere Ärzte in der näheren und weiteren Umgebung. Weil er gute Bezahlung bot, kamen sie und sahen sich das Mädchen an, das jetzt zumeist im Bett lag. Sie befühlten und beklopften sie, stachen Nadeln in ihre Haut und schauten, so tief es ging, in ihr Inneres, aber am Ende sagten sie alle das Gleiche.

»Nicht mehr lange. Monate. Vielleicht auch nur Wochen.«

»Das kann nicht sein!«, schrie der Vater. »Es muss doch bessere Ärzte geben! Besser als dieser Haufen Quacksalber!«

»Ich könnte meine Schwester fragen«, schlug die Mutter vor. »Vielleicht weiß sie Rat.«

»Die alte Hexe?«, rief der Vater erbost. »Was sollte ausgerechnet die tun können?«

Er konnte nicht mehr sitzen, nicht mehr stehen, nicht mehr schlafen. Immer weiter weg suchte er nach Ärzten. Sie kamen mit Masken vorm Gesicht und in sonderbarer Kleidung. Immer teurer waren sie auch. Sie sangen wunderliche Weisen am Bett des Mädchens, flößten ihr ekelhafte Tränke ein, brannten Holzstäbchen ab und führten Tänze auf. Doch als sie all das getan hatten, schüttelten auch sie den Kopf.

»Nicht mehr lange. Wochen. Vielleicht nur Tage.«

»Dann müssen wir die Zeit anhalten!«, bestimmte der Vater. »Alle Uhren zertrümmern, den Kalender verbrennen!«

Er machte ein großes Feuer im Garten und warf die Zeit hinein. Kalender, Wand- und Sanduhren, die Zeitung, die täglich kam.

»Wo keine Zeit ist, kann sie auch nicht vergehen!«, rief er heiser.

Die Nachbarn schlossen wegen des Rauchs ihre Fenster und seufzten tief. Aus Mitleid, aber auch, weil sie wussten, dass es nichts helfen würde. Vielleicht wusste der Vater das ebenfalls, denn er suchte jeden Tag nach weiteren Ärzten in der Hoffnung, dass sie etwas anderes sagten. Und jeden Abend kam er erschöpfter nach Hause.

»Irgendeine Besserung?«, fragte er schon an der Tür.

Die Mutter schüttelte stumm den Kopf.

Dann nahm der Vater seine kranke Tochter auf den Schoß und streichelte sie, vergrub sein Gesicht in ihrem Haar und bedeckte sie mit verzweifelten Küssen.

»Du bist noch da«, sagte er. »Du bist noch da.«

Das Mädchen lag immer teilnahmsloser in seinen Armen.

In der Zimmerecke saß das andere Mädchen und sah alldem zu. Auch sie spürte, wie die Zeit verrann, die Stunden, die ihr mit der Schwester blieben. Sie hätte gern noch vieles mit ihr gemacht: Seilspringen, Mensch-ärgere-dich-nicht spielen, verrückte Geschichten erfinden. Aber schon jetzt war keine Zeit mehr dafür, ihre Schwester war für alles zu müde, und sie waren auch nie mehr zu zweit allein.

Sie sah ihre traurigen Eltern an, die fast keinen Blick mehr für sie hatten.

Sie sagen es nicht, dachte sie, aber sie denken es gewiss. Jeder denkt: Warum ist es nicht umgekehrt? Ihre Schwester war hübscher und liebenswürdiger und auch noch gut in der Schule, während sie im Unterricht die meiste Zeit vor sich hinträumte.

Wenn sie einen Füller in die Hand nahm, kleckste er sofort. Wenn sie etwas kochte, aßen die anderen es nur aus Höflichkeit. Ihre Eltern wären gewiss viel weniger traurig, wenn sie es wäre, die bald sterben müsste.

Sie wünschte, sie könnte es ändern. Aber sie hatte keine Ahnung wie.

Alles hatte der Vater versucht, und nichts hatte etwas genützt. Das kranke Mädchen wurde immer müder und stiller, und schließlich schlief sie nur noch. Der Vater saß am Bett und blätterte immer verzweifelter in seinen Unterlagen und Broschüren.

Es gab keinen Arzt mehr, den er noch hätte rufen können.

»Ich habe meine Schwester gebeten, heute Abend zu kommen«, sagte die Mutter.

»Wozu? Du denkst doch nicht, dass sie auch nur das Geringste ...«

»Ich denke gar nichts. Ich freue mich einfach, sie zu sehen.«

»Wenn das mein Mädchen bloß nicht zu sehr anstrengt«, brummte der Vater. »Alle Zeit, die sie noch hat, gehört mir.«

Am Abend kam die Tante der Mädchen auf Strümpfen ins Zimmer. Unten im Flur hatte sie ihre Schwester gut eine Viertelstunde lang umarmt, ehe sie etwas zueinander sagen konnten. Nun warf sie einen kurzen Blick auf ihre Nichte im Bett und ging dann zu ihrer anderen Nichte, die still in der Ecke saß. Sie zwinkerte ihr zu, gab ihr einen Kuss und auch ein Geschenk. Nachträglich zum Geburtstag, sagte sie. Es war ein Springseil.

Das Mädchen schwang das Seil und machte einen Hüpfer.

»Ruhe hier drin!«, zischte der Vater sofort. Er sah seine Schwägerin wütend an. »Mein Gott, wenn du sonst nichts mitgebracht hast, dann geh bitte wieder.«

Die Tante gab ihrer erschrockenen Nichte noch einen Kuss und schob sie dann sanft zur Tür. »Spring im Garten seil.«

Erst als sie aus dem Zimmer war, wandte die Tante

sich dem Mädchen im Bett zu. Sie legte die Hand auf ihre blasse Stirn.

»Nicht mehr lange«, sagte sie leise zu ihrem Schwager.

»Erzähl mir was Neues!«

»Nur damit du es weißt: Gesund machen kann ich sie nicht.«

»Dann scher dich fort!«

»Aber ich kann etwas anderes tun.« Sie holte ein Fläschchen aus ihrer Handtasche. Und dazu einen Silberlöffel. »Davon wird sie ruhig schlafen.«

»Sie schläft bereits sehr ruhig«, sagte der Vater, die Stimme voller unterdrückter Wut. »Darum geht es überhaupt nicht.«

»Ich weiß. Aber damit wird sie weiterhin schlafen.«

»Weiterhin?« Die Mutter war mit Kaffee ins Zimmer gekommen. »Meinst du damit ...«

»Genau das meine ich: Sie schläft weiterhin und stirbt nicht.«

»Nein?«

»Nein. Sie schläft bis ... bis es Zeit ist, aufzuwachen.«

»Na prima«, knurrte der Vater. »Wahrscheinlich, bis ein Prinz kommt und sie wach küsst.«

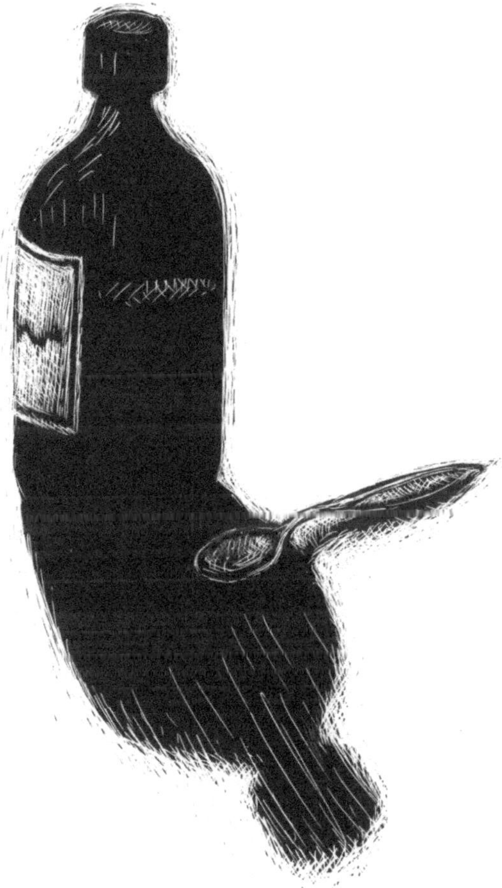

»Vielleicht. Das kommt vor. Aber vielleicht auch nicht. Oder es dauert sehr lange. Jedenfalls atmet sie. Und ist am Leben.«

»Ist am Leben ...« In den Augen des Vaters glomm ein winziger Funke Hoffnung auf. Er betrachtete seine Tochter im Bett. Alles würde er für sie tun. Alles.

Die Tante träufelte etwas von der Flüssigkeit auf den Löffel und hielt ihn an die Lippen ihrer Nichte, die gehorsam schluckte und dann schwach seufzte.

Man musste schon sehr genau hinsehen, um die Veränderung zu bemerken, aber sie war da. Ihr Atem ging ein wenig tiefer, die Wangen wirkten weniger blass.

»Ein paar Tropfen jede Woche«, sagte die Tante. »Das ist alles.«

»Das ist alles?« Der Vater dachte verärgert an die vielen Pillen, Ampullen und Tränke, für die er sein ganzes Geld ausgegeben hatte. Ein Danke kam ihm nicht über die Lippen, aber er nickte seiner Schwägerin langsam zu.

»Wie lange, meinst du, wird es dauern?«, fragte die Mutter. »Bis solch ein Prinz kommt?«

»Das weiß ich nicht.«

»Du kannst uns also gar nichts sagen?«

Die Tante schüttelte den Kopf. »Ach, vielleicht doch«, meinte sie bedächtig. »Eines schon.«

»Ja? Was?«

»Ihr habt noch eine Tochter.«

Die Eltern, die sich erwartungsvoll aufgerichtet hatten, sanken auf ihren Stühlen zurück.

»Ach ja ...«, murmelten sie.

Draußen im Garten hörten sie ihre andere Tochter beim Seilspringen zählen, von eins bis hundert und wieder zurück.

II

Das Mädchen schlief. Ihr Atem hob und senkte die Zudecke.

Die Eltern hatten alles nach oben getragen, die Sessel und den Couchtisch, die Leselampe, den Korb mit Strickzeug und Kreuzworträtselheften. Das Schlafzimmer war zum Wohnzimmer geworden. Am Fußende des Betts schlief die Katze. Der Vater und die Mutter rückten die Sessel zu beiden Seiten ans Bett, setzten sich darauf und nahmen jeweils eine kleine weiße Hand. Sie beobachteten jedes Wimpernzucken, lauschten auf jeden kleinen Seufzer.

»Sie schläft«, sagten sie zueinander. »Sie atmet. Sie ist noch da.«

Das andere Mädchen stieg als Einzige ab und zu die Treppe hinunter, um zu kochen oder einzukaufen. Jedes Mal ging die Haustür schwerer auf, weil das Unkraut hoch aufgeschossen war und besonders der Rosenstrauch mit seinen spitzen Dornen wild wucherte. Anfangs schnitt das Mädchen noch die verschlungenen Ranken ab, aber sie wurden immer dicker und zäher. Zum Glück wurde sie selbst immer dünner und passte durch einen schmalen Türspalt. Die Gartenschere rostete auf der Fußmatte vor sich hin.

Im Laufe der Zeit wuchsen die Rosen höher und höher, sie reichten schon bis ans Schlafzimmerfenster. Im Sommer blühten sie wunderschön, bis im Herbst ihre Blätter verdorrten und abfielen und es wieder Winter wurde.

Das Mädchen schlief.

Ihre Schwester machte aus den Äpfeln im Garten

Kompott und backte Pfannkuchen dazu, weil es dafür nicht viel an Zutaten brauchte. Die Eltern aßen ohnehin nur wenig. Sie schliefen meist auf ihren Sesseln, und wenn sie kurz wach waren, hatten sie nur Augen für ihre schlafende Tochter.

»Atmet sie noch?«, fragten sie dann.

Und die Schwester nickte. »Sie atmet. Schlaft ruhig weiter.«

Das taten sie. Und wurden unterdessen älter, magerer und hoffnungsloser.

Kein Prinz kam.

III

Wieder war es Frühling. Wie oft schon?

Hundert Jahre waren vergangen. So kam es dem Mädchen jedenfalls vor.

Ihre Eltern lagen nun im Keller, gewaschen und einbalsamiert. Beide waren sie mit dem Namen ihrer Schwester auf den Lippen gestorben und beide hatten ihr das Versprechen abgenommen, dass sie bleiben würde, bleiben und warten und wachen.

»Natürlich«, hatte sie gesagt. »Natürlich bleibe ich.« Und das tat sie.

Kein Prinz war gekommen. Und alles war alle. Die Tür ließ sich nicht mehr öffnen. Das Haus war zu einer Gruft geworden.

Die Katze war ebenfalls tot, vielleicht auch weggelaufen.

Wenn das Mädchen in den Spiegel sah, erkannte sie sich selbst nicht mehr.

Ihre Schwester hingegen lag unberührt von der Zeit im Bett, das sie jede Woche frisch bezog, ganz vorsichtig, um nicht zu stören. Dann gab sie ihr auch die Tropfen von der Tante; nur noch ein kleiner Rest war in dem Fläschchen.

Sie setzte sich auf die Bettkante und betrachtete lange Zeit ihre Schwester, die mit geschlossenen Augen dalag.

»Wie sehen deine Augen gleich noch mal aus?«, flüsterte sie. »Ich weiß es nicht mehr. Und auch nicht mehr, wie deine Stimme klingt. Alles habe ich vergessen ...« Sie seufzte. Wie lange war es her, dass sie das letzte Stück Pfannkuchen aus der allerletzten Handvoll Mehl gegessen hatte? Auch das wusste sie nicht mehr. Sie verspürte jedoch keinen Hunger.

»Vielleicht bin ich ja auch tot«, murmelte sie.

Aber dem war nicht so, denn sie hörte etwas. Draußen im Garten.

Ein Rascheln und Keuchen. Die Rosenranken vor dem Fenster schwankten hin und her.

Es war, als müsste sie erst aufwachen, um zu begreifen, dass da *wirklich* etwas war.

Womöglich ist es ein Wildschwein?, dachte sie. Oder ein streunender Hund? Mit einem Prinzen rechnete sie schon lange nicht mehr. Aber es *war* ein Prinz. Als sie ans Fenster trat, sah sie unten im Gewirr der Rosen einen Federhut.

»Schwester, er ist da«, sagte sie. Ihre Beine zitterten, weil sie so lange nichts gegessen und sich kaum bewegt hatte. »Länger hätte es auch nicht mehr dauern dürfen.« Sie lächelte die Schlafende an. »Ich hole ihn für dich. Geh nicht weg!«

Sie zog sich den alten Morgenmantel der Mutter über, ihre eigenen Sachen waren längst zu klein geworden, band ihn zu und tappte mit unsicheren Schritten die Treppe hinab und zur Haustür.

Von draußen kamen immer noch Geräusche. Jetzt eine Art Sägen. Und immer wieder ein Fluchen und ein lautes Au!

Sie hob die verrostete Gartenschere von der Fußmatte auf. Die Rosenranken waren durch den Briefschlitz hereingewachsen und hatten den Türknauf umwuchert. Mit der stumpfen Schere schnitt sie ab, was möglich war. Dornen bohrten sich in ihre Finger, als sie fest am Knauf zog. Es blutete, aber sie ließ nicht nach, und nach einer Weile bekam sie die Tür einen schmalen Spalt auf.

»Hierher, werter Herr!« rief sie. »Halten Sie durch! Ich komme auch!«

So schnitten und sägten die beiden sich langsam zueinander. Mit zerrissener Kleidung und von blutigen Kratzern übersät, standen sie sich schließlich keuchend gegenüber.

War das wirklich ein Prinz? Abgekämpft und erschöpft sah er aus und hatte Rosenblätter im Haar. Aber was machte das schon?

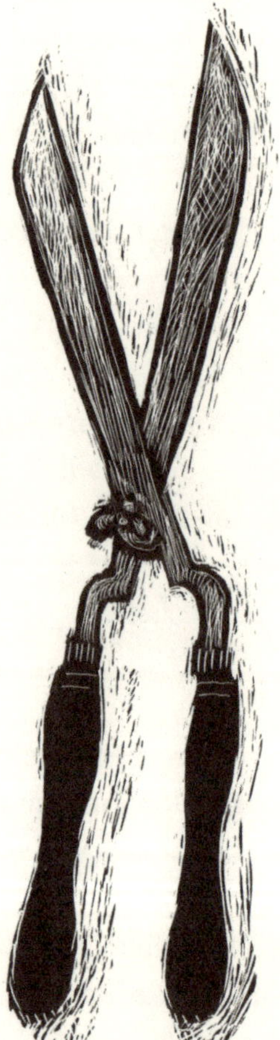

»Endlich«, sagte das Mädchen. »Kommen Sie mit.« Sie nahm seine Hand und zog ihn mit sich durch den Flur, vorbei an stinkenden Müllsäcken und die Treppenstufen voller schmutziger Teller und alter Kleider empor. Das Chaos war nicht zu übersehen, er sagte aber nichts dazu, was das Mädchen sehr nett von ihm fand.

Im Obergeschoss sah es noch schlimmer aus. Zudem hatte sie seit Monaten kein Fenster mehr geöffnet, ja, sich nicht einmal mehr gewaschen. Was musste der Prinz denken?

»Entschuldigen Sie das bitte«, sagte sie. »Aber meine Schwester ist gewaschen, und ich habe ihr Bett frisch bezogen.«

Sie führte ihn zum Schlafzimmer, öffnete die Tür und wollte ihre Hand aus seiner lösen, um beiseitezutreten.

Das war's dann, dachte sie. Fertig.

Mit einem Mal merkte sie, wie hungrig sie war, wie steif und wie schmutzig und wie sehr sie sich nach einem warmen Bad und einer Mahlzeit sehnte. Vielleicht konnte sie ...

Aber er ließ ihre Hand nicht los.

Und er schaute auch in die falsche Richtung, machte keine Anstalten zum Bett zu gehen und bei ihrer Schwester niederzuknien.

»Worauf warten Sie noch?«, sagte sie ungehalten. »Los, küssen!«

Da küsste er. Aber den falschen Mund.

Sie stieß ihn von sich.

»Nein, Dummkopf! Nicht mich!« Sie spuckte ihm die Worte entgegen. »Sie sind doch gekommen, um *sie* wach zu küssen!«

»Die da?« Der Prinz deutete zum Bett. »Aber nein. Die ist viel zu jung. Und außerdem ...«

»Außerdem was?«

»Die ist, glaube ich, schon eine ganze Weile ... äh ... tot.«

Sie schaute zu ihrer Schwester hin. Und nun sah sie es auch. Wie hatte ihr das nur entgehen können?

Sie trat ans Bett und nahm ihre Hand. Ganz klein war sie und kalt wie ein Kieselstein. »Sie ist tot ...«, flüsterte sie.

»Das tut mir leid.« Der Prinz nickte teilnahmsvoll. »Aber du nicht«, sagte er dann vergnügt.

»Nein?«

Das Mädchen sah sich in dem tristen, schmutzigen

Zimmer um. Es war düster, der Rosen wegen fiel kaum Licht herein. Aber zwischen den Ranken waren kleine Himmelsflecken zu sehen. Blau waren sie. Strahlend blau.

»Nein«, sagte sie langsam. »Nein, ich glaube nicht.«

Monstermädchen

Sturm

Das Mädchen sitzt im Turmzimmer und stickt. Mit kleinen Kreuzstichen verziert sie das D, das erste D: GEDULD IST EINE TUGEND.

Prinzessinnen sollten kunstvoll sticken können, aber was sie zustande bringt, ist nie wirklich schön. Ihre Finger sind zu groß und zu grob für die dünne Nadel. Sie sticht sich, das Garn verheddert sich, und ihre Kreuzstiche seien nicht klein und sauber genug, sagt die brave Dame Morsegat, die am Tisch ein nützliches Buch liest, und doch alles sieht, was das Mädchen macht.

»Augen auf die Arbeit, Prinzessin«, sagt sie jedes Mal, wenn das Mädchen aus dem Fenster schauen will.

Auch heute schweift ihr Blick immer wieder ab. Draußen ist es windig, die Fenster klappern unruhig. Der Himmel ist voller Wolken, das Meer darunter weit und leer bis zum Horizont.

Eines Tages, weiß das Mädchen, wird von dort ein Prinz kommen. Ein Prinz, der sie abholt und in sein Reich jenseits des Meeres bringt. Sein Segel so weiß wie seine Zähne, blau die Augen und blau das Blut, er wird sie sehen und küssen und … alles wird gut.

Ja, alles wird gut. Aber noch nicht jetzt. Sie ist noch nicht bereit, einem Prinzen gegenüberzutreten, noch lange nicht, noch lange nicht. Er würde sich zu Tode erschrecken.

Sie macht den letzten Kreuzstich für das D und seufzt beim Gedanken an die vielen Buchstaben, die sie noch mit Herzchen und Blumengirlanden verzieren muss: das U, das L und das zweite D, das I, das S und das T … Mehr Aufgaben, als Wolken über dem Meer sind.

Der Wind wird heftiger, der Himmel gewittergrau. In der Ferne blitzt es schon, und Regen klatscht an die Fenster. Augen auf die Arbeit, Prinzessin, ermahnt sie sich selbst. Und dann sieht sie etwas.

Ganz weit weg, wo ein gleißender Sonnenstrahl durch die Wolken lugt, leuchtet ein weißes Dreieck auf. Es flattert und schlackert und wird vom Wind gebeutelt.

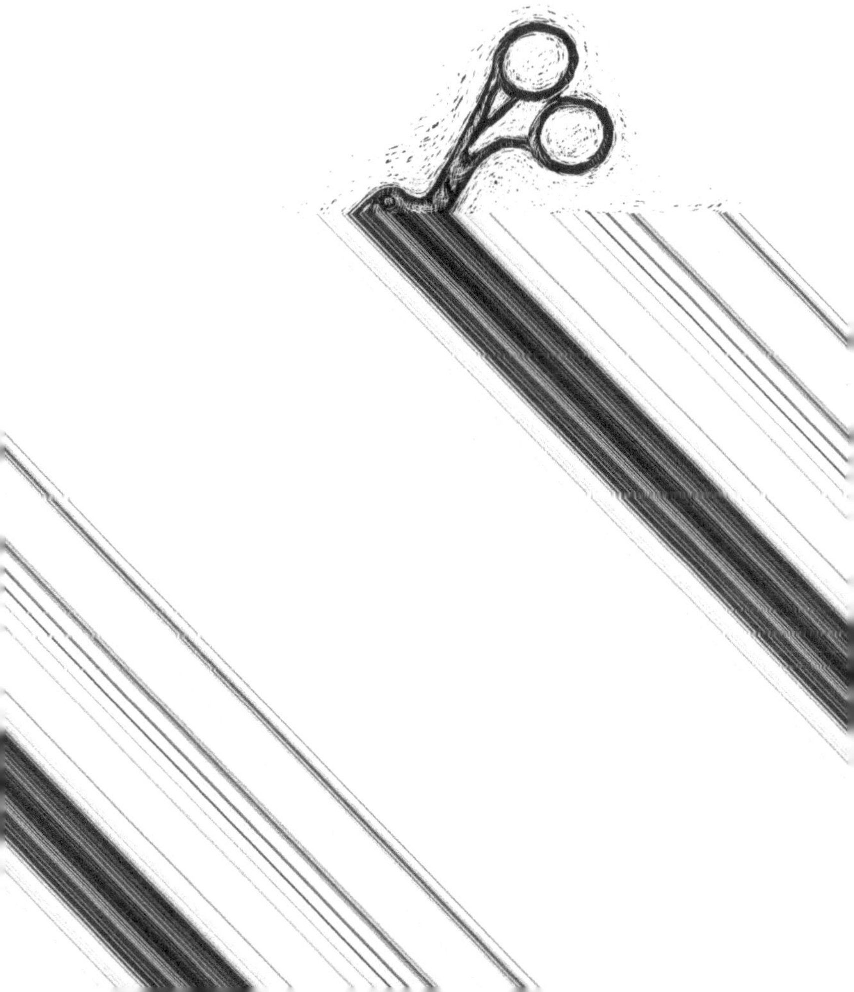

Mit einem Mal ist sie ganz aufgeregt. Könnte er das sein? Jetzt? Heute? Sie legt ihre Nadel weg.

»SEHEN SIE!«, sagt sie. **»DA!«**

Die brave Dame Morsegat blickt nicht einmal von ihrem Buch auf. »Nicht so schreien. Eine Prinzessin spricht leise, Prinzessin.«

»ABER ICH SEHE WAS!« Das Mädchen steht auf, GEDULD IST EINE TUGEND rutscht von ihrem Schoß auf den Boden. **»DA SEGELT WAS!«** Sie spricht so leise wie möglich, dennoch füllt ihre Stimme den ganzen Raum. **»EIN SCHIFF!«**

»Ein Schiff? Aber nein. Das ist Einbildung, Prinzessin.«

Natürlich ist es Einbildung.

Früher, als sie noch nicht lange hier wohnte, sah sie in jeder Schaumkrone ein Schiff. Und ihr Herz machte jedes Mal einen Satz, wenn sie zum Fenster lief. Da ist er also, dachte sie. Endlich. Sie empfand Freude und Furcht zugleich.

Aber immer war es etwas anderes: eine Welle, aufspritzende Gischt, ein glatter Walrücken. Oder, einmal im Monat, das Versorgungsboot. Nie ein Segelschiff, nie ein Prinz.

»An Ihren Platz, Prinzessin. Und heben Sie Ihre Stickerei auf. Sonst wird sie schmutzig.«

Folgsam setzt das Mädchen sich wieder, aber ihr Blick bleibt auf das Fenster gerichtet. Es regnet stärker, die Tropfen ziehen Schlieren über das Glas. Dadurch scheint das Schiff einen Moment lang da zu sein und dann wieder weg. Es kämpft gegen den Sturm an. Sie sieht das Segel reißen und den Mast knicken, gleich einem trockenen Ast. Dann spült eine Welle darüber hinweg, und das Meer ist wieder leer.

Wenn es ihr Prinz war, ist er nun ertrunken.

»Oh nein, Prinzessin, was ist denn das?« Die brave Dame Morsegat steht neben ihr und betrachtet kopfschüttelnd die Stickerei. »Das D ist nicht sauber gearbeitet, es sieht aus wie ein B. GEBULD steht da. Ich weiß nicht, was ›Gebuld‹ ist, aber eine Tugend ganz gewiss nicht. Das müssen Sie auftrennen und neu sticken.«

Das Mädchen greift wieder zur Nadel. Der Wind holt noch einmal Luft und fegt um den Turm.

»Puh!« Die brave Dame Morsegat schaudert. »So ein Hundewetter. Unseren Abendspaziergang müssen wir verschieben.«

Schiffbrüchig

Am nächsten Morgen holen sie den Spaziergang nach. Einfach auslassen geht nicht an, denn Spaziergänge sind gut für Herz und Kreislauf, und täglich frische Luft schnappen ist für jede Prinzessin ein Muss.

Sie spazieren den Weg vom Turm zum Strand entlang. Viel mehr gibt es auf der kleinen Insel auch nicht zu spazieren.

Weil das Mädchen zwei Köpfe größer ist als die Begleiterin, sieht sie es zuerst. Da liegt etwas am Flutsaum: etwas Unförmiges, noch halb im Wasser.

»Igitt, ein toter Seehund!« Die brave Dame Morsegat schüttelt sich. »Der wird womöglich stinken.«

Aber es ist kein Seehund, wie sie beim Näherkommen feststellen. Die Arme und Beine von sich gestreckt, liegt ein Mann da. Sein Hemd, grau von Schmutz und grün von Algen, klebt am Leib. Ein Ärmel ist dunkelrot.

Mit drei Schritten ist das Mädchen bei ihm. Ihre Füße sinken tief im Sand ein. Die Spuren füllen sich sogleich mit Wasser.

»Prinzessin! Nein! Nicht anfassen!« Die brave Dame Morsegat ist vorsichtshalber auf dem Weg geblieben.

»Lassen Sie das liegen, das Meer nimmt es wieder mit.«

Das Mädchen steht neben dem reglosen Körper. Nein, ein Prinz ist das nicht. Seine Haare sind raspelkurz, an einem Ohr glänzt ein Ring und die braunen Arme sind, soweit sichtbar, über und über tätowiert. *Herzensdieb* liest sie. *Sturmfluch*. Der linke Arm ist seltsam verdreht.

»Kommen Sie mit, Prinzessin. Das Meer ist grausam. So ist es nun einmal. Lassen Sie sich das eine Lehre sein.« Die brave Dame Morsegat wendet sich zum Gehen. »Kommen Sie, es ist Zeit für Ihre Geografiestunde.«

»ABER ER ATMET«, sagt das Mädchen. Der Brustkorb des Mannes hebt und senkt sich, und aus seinem Mund kommt ein Stöhnen. **»ER LEBT NOCH!«**

»Ach du lieber Himmel!« Die brave Dame Morsegat will ihren Rock nicht beschmutzen, darum zieht sie ihn ein Stückchen hoch, ehe sie sich mit kleinen Schritten nähert. »Aber nicht anfassen, Prinzessin!«

Doch das Mädchen hat sich bereits über den Mann gebeugt, ihn an den Schultern gepackt und ganz auf den Sand gezogen. Mit ihren kräftigen Armen geht das leicht. Sandkörner und Bartstoppeln bedecken Hals und Wangen. Mit der unverletzten Hand tastet er nach seinem blutigen Ärmel und stöhnt wieder.

»Haben Sie nicht gehört!? Das hier geht uns nichts an! Los, nach Hause!«

Sonst macht das Mädchen immer, was die brave Dame Morsegat sagt, jetzt aber ist es, als hörte sie sie gar nicht. Sie zieht ihre rosa Strickjacke aus und schiebt sie vorsichtig unter den zerschrammten Kopf. Die Wolle kratzt fürchterlich, aber gewiss liegt es sich so weicher als auf dem harten Sand. Kühl fährt der Wind unter ihre Bluse.

»Behalten Sie um Himmels willen Ihre Kleider an!«, ruft die brave Dame erschrocken. »Eine Prinzessin muss in allen Lebenslagen tadellos gekleidet sein.«

In der Rocktasche findet das Mädchen ihr Sticktuch vom Vortag. GEBULD IST EINE TUGEND. Damit tupft sie behutsam etwas Blut ab. Die Augenlider zucken.

»Lassen Sie das doch!« Die brave Dame Morsegat schubst ihre Hand weg. »Sie machen es nur noch ärger. Erste Hilfe gehört zu meinem Aufgabenbereich, ich weiß genau ...«

Jetzt öffnen sich die Augen, groß und braun. Sie sehen das Mädchen direkt an.

»GUTEN TAG«, sagt sie verlegen. **»WIE GEHT ES IHNEN? TUT DER ARM SEHR WEH?«** Sie könnte ihn hochheben, ins Turmzimmer hinauftragen und vielleicht …

»Uaaah!« Mit einem heiseren Schrei robbt der Schiffbrüchige über den Sand von ihr weg. »Gottverdammich! Hast du mich erschreckt!«

Sie erschrickt über sein Erschrecken. *Sie* ist der Grund dafür, keine Frage. Weil sie ein Monster ist. Hässlich und grässlich.

Sie richtet sich auf, weicht stolpernd zurück und rennt dann auf den Turm zu. Stampf-stampf machen ihre Füße.

»He!«, ruft er ihr nach. »Was … wo … wart doch mal!«

Sie wartet nicht. Zwei Stufen auf einmal nehmend, eilt sie die Treppe hinauf und knallt oben die Tür hinter sich zu.

Dann steht sie vor dem Spiegel.

Sie sieht ein Monster. Monsternase, Monsterkinn. Darunter, wie eine übergroße Hülle, ein plumper Monsterkörper. Der dauernd irgendwo dagegenprallt oder Sachen umstößt. Der nur in ihre Korsette und Kleider passt, wenn sie beim Anziehen ganz tief die Luft anhält.

Und Hände mit Klauennägeln, auch wenn sie die noch so oft abfeilt. Und Haare, überall Haare. Hinten wahrscheinlich noch viel mehr.

Sie ist grässlich, ein unzumutbarer Anblick.

Ganz kurz hatte sie es vergessen, jetzt aber ist es ihr wieder bewusst.

Nach einer Weile wagt sie, halb hinter dem Vorhang versteckt, einen Blick aus dem Fenster. Der Mann ist aufgestanden und schleppt sich hinkend neben der braven Dame Morsegat her zum Vorratsschuppen. Als er hochschaut, duckt sie sich weg.

Prinzesschen

Ihre armen Eltern hatten den Schreck ihres Lebens bekommen.

Das neugeborene Prinzesschen passte in keines der bereitliegenden Spitzenkleidchen und auch in keine Wiege. Zwei Diener mussten es in ein Gästezimmer schleppen und dort in das große Bett legen. Gäste waren gerade keine da.

»Jetzt können wir nie mehr Besuch empfangen!«, jammerte die Königin. »Nicht mit so was im Haus! Man muss sich ja totschämen ...«

Sie und der König standen am Bett, betrachteten den schlafenden Hubbel unter der Decke und fragten sich, wie das bloß kam. Wir beide sind doch völlig normal, dachten sie. Warum ist es so geworden?

Sicherheitshalber maßen sie einander mit Blicken.

Nein, weder zu groß noch zu klein und schon gar nicht haarig und hornig oder sonst wie absonderlich.

»Dass wir aber auch so was bekommen haben!«, schluchzte die Königin. »So ein, so ein ...«

Sie sagte nicht »Monster«. Aber sie dachte es. Und ihr Gemahl ebenso.

»Gar so schlimm ist es nun auch wieder nicht«, versuchte er zu beschwichtigen. »Wenn man ein bisschen durch die Wimpern schaut, ist es schon viel ... ist es durchaus ... Und vielleicht wird ja noch alles gut. Vielleicht wächst sich das aus.«

»Es wird garantiert nicht gut!« Die Königin war untröstlich.

Die Vorhänge wurden zugezogen und die feierliche Taufe abgeblasen.

»Niemand bekommt das je zu sehen«, entschied die Königin. »Niemand!«

Frühstück

»Niemand?« Der Matrose starrt aufs Wasser hinaus. »Ist sonst niemand angespült worden? Bin ich der Einzige?«

Sein Arm liegt in dem Dreiecktuch, das ihm die brave Dame Morsegat fachkundig umgebunden hat. Die Wunde sieht übel aus. Und seinen Knöchel dürfe er nicht belasten, hat sie ihm eingeschärft. Er hat auf einem Mehlsack im Schuppen geschlafen, einen ganzen Tag und eine ganze Nacht, und nun humpelt er fluchend am Strand hin und her.

Das Mädchen nähert sich nur zögerlich. Mit leicht eingeknickten Knien, damit sie kleiner wirkt, und das Korsett stramm geknöpft. Eigentlich wollte sie nicht ins Freie, aber Regeln sind Regeln, und ein Spaziergang am Morgen und einer am Abend gehören nun einmal dazu.

»Davon können wir nicht abweichen, nur weil wir

einen ungebetenen Gast haben, Prinzessin«, hat die brave Dame Morsegat gesagt.

Der ungebetene Gast schaut zum Glück nicht her. Er starrt weiter aufs Wasser hinaus, als rechne er damit, dass doch noch jemand aus den Fluten auftaucht. Was aber nicht passiert.

»Leider«, sagt die brave Dame. »Wir haben lediglich Sie vorgefunden.«

»Hölle, Arsch und Donnerschlag!«

»Würden Sie sich bitte etwas anständiger ausdrücken? Solche Reden sind nichts für die Ohren eines sensiblen jungen Mädchens.«

Der Matrose hört sie anscheinend nicht. Er tritt so fest ins Wasser, als wollte er dem Meer wehtun, dabei knickt sein verstauchter Knöchel um, und er landet auf den Knien in der Brandung.

»Aua! Kreuzverschissene Scheiße!« Er spuckt einen Mundvoll Wasser aus. »Bill! Du Trottel! Du Idiot! Das Ruder hättest du festhalten müssen!«

»Wir gehen besser, Prinzessin. Hier lernen Sie nichts Gutes.«

Am Strand liegen glatt gewaschene graue Steine. Der Matrose nimmt ein paar und wirft sie dem gesunkenen

Schiff nach. »Sven! Konrad! Ihr Deppen! Jetzt hock ich allein hier!«

»Da ist Mitgefühl angebracht, Prinzessin«, sagt die brave Dame Morsegat belehrend und wendet sich zum Gehen. »Es tut uns aufrichtig leid, dass Ihre Kameraden Ihnen abgehen.«

»Abgehen?! Die gehen mir doch nicht ab!« Der Matrose schmeißt noch einen Stein hinterher. »Idioten waren das! Unsägliche Schwachköpfe, einer wie der andre.«

»Wenn Sie es die Treppe hochschaffen, bekommen Sie oben Frühstück.«

»Bin froh, dass die ersoffen sind!«, schimpft er weiter, aber das Mädchen sieht, dass er sich die Augen wischt und dann die Nase putzt. Mit etwas Weißem, das ihr missratenes Sticktuch sein muss.

Er hustet und spuckt dann ins Wasser.

Anschließend will er frühstücken.

Bei Tisch macht der Matrose so ziemlich alles, was das Mädchen gelernt hat, nicht zu machen: schlingen, schmatzen, schlürfen, sich ungefragt bedienen. Die brave Dame Morsegat verkneift sich ihre Bemerkungen, denn er ist nicht ihr Schüler. Die Blicke, die sie ihm zuwirft, würden das Mädchen zusammenfahren lassen, der Matrose hingegen isst ungerührt weiter.

Sie versucht, nicht zu oft hinzusehen, hält die Augen auf ihren eigenen Teller gerichtet.

Prinzessinnen essen nur kleine Häppchen. Ein Blättchen Salat. Ein Scheibchen Tomate. Einmal pro Woche ein weich gekochtes Ei. Sie ist dauernd hungrig. Dennoch ist sie immer noch viel zu schwer und muss jeden Tag die Luft tiefer anhalten, damit ihr Korsett sich schließen lässt. Aber Atmen ist nicht so wichtig wie eine schöne Taille, und eine Prinzessinnentaille muss nun einmal wespenschmal sein.

Der Matrose verputzt auf einen Schlag den ganzen Monatsvorrat an Eiern und wischt sich den Mund am Tischtuch ab. Erst dann schaut er von seinem Teller auf. »Wo bin ich überhaupt?«, fragt er. »Was treibt ihr beiden hier, mitten im ...« Er sieht aus dem Fenster. »Mitten im Garnichts?« Mühsam steht er auf und hinkt durch das kleine Turmzimmer, vorbei an Tisch, Pult, Schrank, Sofa und Wandborden voller Handarbeitssachen und lehrreichen Büchern:

Was junge Mädchen wissen müssen und dürfen

Leibesübungen und Diäten

Die sieben Tugenden und wie man sich darin übt

»Die sieben Tugenden, tsss«, sagt er. »Die sieben Meere, die kenn ich. Das Schwarze, das Rote, das Große, das Stille …«

»Hochinteressant.« Die brave Dame Morsegat stellt die Teller zusammen. »Vielleicht können Sie uns in der Geografiestunde zeigen, welche Orte sie besucht haben.«

»Klar, ich war überall.« Er mustert das Mädchen. Sie hat noch immer den Blick gesenkt. »Und eigentlich hab ich gedacht, ich hätt auch schon alles gesehen …«

»Aber nicht jetzt bitte. Wir haben, wie immer, ein straffes Programm.«

»Ach ja?«, sagt der Matrose.

»Gewiss. Eine Prinzessin muss gründlich unterwiesen werden, und das ist keine Kleinigkeit.«

»Ach nee?«

»Bei Gott nein! Sie muss noch sehr viel lernen, ehe sie für den großen Tag bereit ist. Und flott geht das alles leider nicht.«

»Ach …«, sagt der Matrose. Zwei Augenpaare richten sich auf das Monstermädchen auf dem zu kleinen Stuhl. Ihre Knie passen gerade noch unter den Tisch.

Prinzessin

»Aber wir verzweifeln nicht. Geduld ist eine Tugend, nicht wahr, Prinzessin?«

Das Mädchen schiebt den Stuhl zurück, steht auf und schickt sich an zu gehen.

»Prinzessin!«, ruft die brave Dame Morsegat. »Ehe wir den Tisch verlassen, sagen wir: ›Vielen Dank, ich möchte nichts mehr zu mir nehmen.‹«

Doch das Mädchen knallt bereits die Tür zu. Sie hört gerade noch den Matrosen sagen: »Ich nehm schon noch was … äh … zu mir. Geht doch, oder?«

Schrumpftränke

Die kleine Prinzessin wuchs zwar, aber nichts wuchs sich aus. Wenn sie spielte, wackelten die Spiegel in den kahlen Gängen. Wenn sie weinte, erbebte der ganze Palast. Und sie weinte oft. Die Königin bekam davon Migräne.

»Geh und tröste sie«, sagte ihr Gemahl.

Die Königin zuckte mit den Schultern. »Was soll ich denn sagen?«

»Nichts Besonderes, einfach etwas Liebes.«

Etwas Liebes fiel der Königin beim Anblick ihres Kindes aber nie ein. So haarig, so zahnig, so furchtbar groß! Zu gern hätte sie ein Töchterchen gehabt, das sie hübsch anziehen und bei einer Spazierfahrt durch die Stadt vorzeigen konnte. Und sie wollte auch gern wieder Besuch empfangen und Feste geben. Aber nichts davon war möglich, solange *das* im Haus war.

Und kein Arzt wusste Rat.

Schrumpftränke, Wechselbäder, Sauermilchdiäten ... Nichts half, nichts veränderte das Aussehen des Prinzesschens.

»Ja, manchmal ist es eben so, Majestät«, sagten die Ärzte. Sie mussten ziemlich schreien, um den Lärm aus dem Kinderzimmer zu übertönen. »Sie werden lernen müssen, damit zu leben.«

»Ihr seid aber auch zu gar nichts nütze!«, wetterte der König. »Schert euch fort!«

Das machten sie, hastig und doch mit der gebotenen Höflichkeit.

Das unrasierte Kinn in die Hände gestützt, saß der König auf seinem Thron. Gekreische erklang aus dem

Monster

Zimmer seiner Tochter, Geschluchze aus dem Gemach seiner Frau. Wie sollte er sich so darauf konzentrieren, das Land zu regieren? Denn das musste natürlich auch sein.

Chaos!, dachte er wütend. Chaos und Unruhe! So kann das nicht weitergehen.

Kiste

Unruhe bringt der Matrose mit sich. Er macht sich am Strand zu schaffen, zerrt Treibholz aus der Brandung, schreit ab und zu die Möwen an, die nicht minder laut zurückschimpfen. Immer wieder schaut das Mädchen aus dem Fenster. Sie muss für Geschichte lernen, ist schwer im Rückstand mit dem Einmaleins, und wo eigentlich ihr Sticktuch geblieben sei, fragt die brave Dame Morsegat.

»ICH WEIß ES NICHT«, flüstert sie. **»VERLOREN ODER SO, ES TUT MIR LEID.«**

Dabei weiß sie genau, wo es ist: vollgeschnäuzt und zusammengeknüllt in einer Hosentasche am Strand.

»Wie schludrig, so mit Ihrer Arbeit umzugehen. Eine

Prinzessin ist immer ordentlich und akkurat.« Die brave Dame Morsegat nimmt ein frisches weißes Tuch aus dem Schrank. »Für diesmal will ich es gut sein lassen«, sagt sie. »Fangen Sie einfach neu an.«

Nacheinander muss sie nun die Buchstaben durchpausen und dann Kreuzstich um Kreuzstich nachsticken. Das G und das E und das D …

»Jetzt aber sauber arbeiten. Nicht zu hastig. Geduld ist eine Tugend.«

Unten holt der Matrose Tonnen aus dem Wasser. Er stellt sie umgekehrt in den Sand, setzt sich auf eine davon und starrt, den Kopf in die Hände gestützt, zum Horizont. Dort ist wenig zu sehen. Leer ist er, so wie ihr neues Tuch.

»Augen auf die Arbeit, Prinzessin«, mahnt die brave Dame Morsegat.

»Da!«, ruft der Matrose, als die beiden am Abend vorbeispazieren. »Die ist von uns!« Er zeigt auf eine Holzkiste, die unweit der Küste im Wasser schaukelt. Die Wellen tragen sie jedes Mal heran, um sie dann wieder zurückzuholen. Wie um ihn zu foppen, könnte man denken.

Auf einem gesunden und einem lädierten Fuß humpelt der Matrose ein Stück ins Wasser. Er hat ein langes, zerfranstes Seil gefunden, das er als Lasso nach der Kiste wirft. Was mit nur einem Arm nicht leicht ist. Ein paarmal klappt es fast, doch das Seil rutscht immer wieder ab. Und die Wellen tragen die Kiste hin und her, hin und her. *Haha*, sagen sie. *Wieder nix!*

»Sie sollten Ihren Fuß noch nicht zu stark belasten«, sagt die brave Dame Morsegat. »Das ist dem Heilungsprozess nicht förderlich.«

»Weiß ich selber«, knurrt der Matrose. »Aber ich will die Kiste.«

»Wir bekommen nicht immer, was wir wollen. Das lernen wir daraus.«

»Wissen Sie was, gute Frau!«, faucht der Matrose. »Das können Sie vielleicht mit der da machen, aber nicht mit mir. Ich will, gottverdammich, meine Kiste!«

»Wenn Sie weiterhin so lästerlich daherreden, sprechen wir überhaupt nicht mehr mit Ihnen. Ohren zu, Prinzessin. Zeit für Tee auf dem Kanapee.«

Folgsam hält das Mädchen sich die Ohren zu, aber nicht so fest, dass sie die Flüche nicht mehr hört. »Dreckselende. Höllendonner. Scheißkackenkiste!«

Die Wörter sind ihr neu, sie nisten sich bei ihr ein wie Samen einer exotischen Pflanze.

Die brave Dame Morsegat ist rasch weitergegangen, aber das Mädchen steht noch da und sieht zu, wie der Matrose das Seil erneut wirft. Es klatscht aufs Wasser. Wieder nichts.

»Lachst du mich etwa aus?«

Schnell schüttelt sie den Kopf. Ganz bestimmt nicht. Sie wollte bloß sehen, ob er sie erwischt, die Scheißkackenkiste. Wie mag es wohl sein, das Wort laut zu sagen?

»Wie wär's, wenn du sie für mich rausholst, Mädel?«

Sie? Sie erschrickt.

»Ich würd's ja selber machen, aber … äh …« Er hebt den Fuß mit dem verstauchten Knöchel.

»PRINZESSINNEN SCHWIMMEN NICHT«, murmelt sie.

»Schwimmen braucht's nicht, so tief ist das nicht. Und mehr als groß genug bist du ja, oder?«

Sogleich wird sie rot. Viel zu groß, viel zu dick, viel zu …

»Paar Schritte bloß, dann hast du sie, Schätzelchen.«

Sie zögert. Wasser ist streng verboten. Nasswerden

ist streng verboten. Andererseits müssen Prinzessinnen ihren Mitmenschen gegenüber hilfsbereit sein. WER GUTES TUT, DEM WIRD GUTES WIDERFAHREN, hat sie neulich erst gestickt.

»Los, Mädel, mach's rasch für mich.«

Sie blickt sich um. Die brave Dame Morsegat ist ein Stück weg, kann also nichts sagen. Der Matrose grinst sie breit an, und sie gestattet sich ein kleines Lächeln.

Vielleicht hat sie sie im Nu herausgeholt, die dreckselende Scheißkackenkiste.

Und ehe sie sich's versieht, streift sie die stets zu kleinen Schuhe von den Füßen (Prinzessinnen haben kleine süße Füße) und geht ein paar Schritte ins Wasser. Die Wellen umspülen ihre Waden. Der Sand ist weich und das Meer schön kühl an den Zehen.

»Prinzessin!« Eine Stimme vom Strand her. »Was haben Sie vor? Doch nicht etwa *schwimmen*!?«

Sie braucht nicht zu schwimmen. Auch als sie weiter durch die Brandung watet, ragt sie noch weit aus dem Wasser. Das Meer zerrt an ihrem Rock und macht ihn schwer. Aber sie selbst fühlt sich auf wundersame Weise leichter als sonst, es ist, als würde das Wasser helfen, sie zu tragen. Ein kleines Stück noch, dann ist sie da.

»Hojo, Prinzessin!«, ruft der Matrose ihr nach. »Ja, dort! Pack sie!«

Sie hat die Kiste fast erreicht, als ihr Fuß in eine Kuhle gerät. Sie stürzt und geht unter.

Die brave Dame Morsegat schreit, der Matrose brüllt, Salzwasser läuft ihr in Mund und Nase, und kurze Zeit weiß sie nicht, wo oben ist und wo unten. Dann aber finden ihre Füße den Grund, und sie kann sich aufrichten. Wasser rinnt ihr aus Haaren und Kleidern. Sandig, fischig, salzig. Sie reibt sich die Augen aus.

Hier ist sie, und da treibt die Kiste.

»Prinzessin! An Land! Sofort!«

»ICH KOMME«, prustet sie. **»ICH HABE SIE SCHON!«** Sie schiebt das halb vollgelaufene große Ding vor sich her durchs Wasser. Am Strand kippt sie es so um, dass es auf der Seite zu liegen kommt.

Der Matrose hinkt herbei, fummelt mit seinem Messer herum, der Deckel springt auf und fällt in den Sand. Wasser strömt heraus, vermischt mit Sand und einigen mitgereisten Mini-Quallen. Und dann noch: zwei durchweichte Schuhe, ein Holzkästchen, ein Brett mit

schwarzen und weißen Quadraten. Und etwas lappiges Dunkles.

Der Matrose bückt sich danach und wringt es aus. »Bill! Du Idiot! Guck mal, deine Mütze!«, brüllt er heiser übers Wasser. Er setzt die Mütze auf und bekommt wieder feuchte Augen.

Sie wird zur Strafe umgehend ins Bett geschickt.

»So kenne ich Sie gar nicht, Prinzessin. Was, um Himmels willen, ist in Sie gefahren?« Die brave Dame Morsegat schimpft und schilt und läuft mit einem Lappen hinter ihr her, um die nassen sandigen Fußspuren aufzuwischen.

Das Mädchen gibt keine Antwort, weil sie es selbst nicht so recht weiß. Sie drückt ihre Strümpfe aus und öffnet langsam das Korsett.

»Nächste Woche kommt der Herr Marabu mit dem Versorgungsboot, er kann unseren Gast mitnehmen und in irgendeinem Hafen absetzen«, sagt die brave Dame Morsegat. »Dann ist alles wieder wie gewohnt, ein Glück.«

»JA, EIN GLÜCK.« Das Mädchen nickt.

»Es ist noch viel zu tun vor dem großen Augenblick.«

»DEM GROẞEN …?«

»Dem Freudentag. Wenn der Prinz kommt. Das haben Sie doch hoffentlich nicht vergessen?«

»NEIN«, sagt das Mädchen. **»NATÜRLICH NICHT.«**

Prinz

Die Tante des Prinzesschens strich über die weiche Stelle zwischen den Hörnchen. Man hatte sie nicht eingeladen, die Königin wollte nach wie vor niemanden empfangen, nicht einmal ihre Schwester. Trotzdem war sie gekommen.

»Ich möchte gern mein Nichtchen sehen«, hatte sie gesagt.

»Schau gut hin.« Der König wies auf das Bett. »Dann weißt du Bescheid.« Er war an der Tür stehen geblieben, und seine Schwägerin hatte sich über die große Bettstatt gebeugt.

»Sooo schlimm ist es doch gar nicht.«

»Meinst du? Weck es aber bitte nicht auf, es ist gerade eingeschlafen.«

»Ist gut«, sagte die Tante. »Die Härchen sind niedlich.«

»Niedlich?« Der König lächelte bitter. »Das geht doch nicht. Diese Hörner, diese vielen Haare, diese ... So kann eine Prinzessin nicht aussehen!«

»Wer sagt das?«

»Alle sagen das!« Dem König war in Gegenwart der Schwester seiner Frau immer ein wenig unwohl. Sie hatte einen unangenehm durchdringenden Blick. Als könnte sie in sein Inneres schauen.

»Ach ja?« Die Tante zupfte die Bettdecke zurecht. »Dann wird das so sein. Ich spreche ja nicht mit allen. Aber jetzt ist die Kleine da. Was macht ihr nun?«

»Das wissen wir noch nicht.« Der König seufzte. »Wir dachten daran ... äh ...«

»Sie einfach so zu lieben, wie sie ist?«

»Hm ...«, machte der König. »Tja, das ... äh ...«

»Etwas anderes bleibt euch nicht übrig. Ihr könnt schwerlich erwarten, dass eines Tages ein Prinz gesegelt kommt, der alles gutküsst, oder?«

Wieder seufzte der König. »Deine Schwester hat Mühe, sich daran zu gewöhnen ...«

»Ach, meine Schwester. Die glaubt bis heute, das Leben wäre ein Märchen. Aber wir wissen es besser, stimmt's?«

Der König zuckte mit den Schultern. War das so? Wusste er es besser?

»Wie heißt sie überhaupt?«

»Belle.«

»Ein sehr schöner Name.«

»Tja«, sagte der König düster. »Den hatten wir uns schon vor der Geburt überlegt.«

Schach

Mit Bills Schachbrett auf den Knien spielt der Matrose Partien gegen den Wind, das Meer und seine ertrunkenen Kameraden, doch das macht ihn traurig, auch wenn er jedes Mal gewinnt. Sie fehlen ihm, mit ihren Schweißfüßen, ihren Großmäulern ... mit allem. Ihm fehlt der Wind im Gesicht und die Dünung unter den Zehen. Er ist auf diesem komischen Inselchen bei zwei Frauen gestrandet, einer etepetetigen Garstigen und einer großen Haarigen mit traurigen Augen. Was treiben die zwei bloß hier? Hausaufgaben machen mitten im schönen Meer?

Die brave Dame hat es ihm erklärt, als das Mädchen

kurz aus dem Zimmer war, trotzdem ist es ihm noch immer ein Rätsel. Von einem Prinzen hat sie geredet, der eines Tages gesegelt kommt …

»Das glauben Sie doch selber nicht!«

Die brave Dame schaute pikiert auf die Tasse in ihrer Hand. »Das verstehen Sie nicht. Sie verkehren eben nicht in diesen Kreisen.«

»Tscha, so wird das sein«, hatte der Matrose gemurmelt. Und gedacht hatte er: Bin froh drum. Er hatte sich in dem kleinen Turmzimmer umgesehen. Wie lange mochten die beiden schon hier sein? Überall Papierstapel, die Borde pickepackevoll mit Büchern, Schreibheften und Stickkram. Die Tapete schimmlig, die Vorhänge fransig, der Fensterkitt bröckelig, sodass die Scheiben in den Rahmen klappern. Und hinter den Fenstern das Meer als leere Fläche.

»Da kann sie bis zum Sanktnimmerleinstag warten«, sagte er wütend. »Oder ist das vielleicht der Zweck?«

»Mir steht es nicht an, die Pläne meines Auftraggebers zu hinterfragen«, hatte die brave Dame Morsegat erwidert. Und schon waren vor der Tür die Trampelschritte des Mädchens zu hören. Leise gehen konnte sie nicht.

Der Matrose sieht das Mädchen auf dem Weg, der an seinem Schuppen vorbeiführt. Kommt mir vor, als läuft sie neuerdings öfter da rum, denkt er, und allein. Er winkt sie heran.

»Spielen wir ’ne Partie? Du und ich?«

Sie kichert verlegen. **»ICH KANN KEIN SCHACH«**, brüllflüstert sie.

»Ach, das bring ich dir rasch bei.« Er legt das Brett auf die Kiste und stellt die Figuren auf. Die schwarzen auf der einen Seite, die weißen auf der anderen. Mit einem angedeuteten Bückling zeigt er auf eine Tonne. »Nehmen Sie Platz, Prinzessin.«

Sie runzelt die Stirn.

»Ich mach mich nicht über dich lustig. Komm schon, mit dir spielt sich’s garantiert besser als mit denen, die nicht da sind.«

Sie rührt sich nicht vom Fleck. **»ICH WEIß NICHT, OB …«**

»Los jetzt, zier dich nicht. Spielen.«

Auf der Tonne wird ihr Rock gleich sandig und schmutzig. Und der Matrose ist auf einmal so nah … Sie riecht seinen Schweiß, sauer und wild. *Sturmfluch* steht auf seinem Arm. Was mag das bedeuten?

Er nimmt eine weiße Figur mit Krönchen vom Brett.

»Schau her, Prinzessin. Das ist der König. Um den geht's, kapiert?«

Sie nickt. Sicher, es geht immer um den König. Ihr Vater, der König … An ihn erinnert sie sich nur noch undeutlich. Der Prinz, der eines Tages kommt und der …

»Der König muss fallen.«

»FALLEN?« Sie starrt ihn an.

»Ausgeschaltet werden muss er, so geht das Spiel. Matt heißt das. Dann gewinnst du. Und das hier …« Er nimmt eine große schwarze Figur mit kleinerem Krönchen.

Das ist zweifellos sie. Groß, dunkel und hässlich. Sie muss am Rand stehen und warten und arbeiten und sich Mühe geben und warten.

»Das ist die Königin«, sagt der Matrose. »Sie heißt im Spiel aber Dame.«

»Guck mal, wie die springen kann. Hierhin und dorthin. Und so darf sie auch.«

Verdutzt betrachtet sie seine Hand, die die schwarze Figur führt.

Der Matrose sagt ihr, wie die anderen Figuren heißen und wie man sie ziehen darf, und zeigt ihr den Rösselsprung.

»Kapiert, Prinzessin?«

Sie nickt und schüttelt den Kopf, von beidem ein wenig.

»So, genug geredet. Jetzt wird gespielt. Du fängst an.«

Vorsichtig rückt sie einen weißen Bauern ein Feld vor.

»Zwei Felder, nicht so bescheiden.« Dann zieht er mit seinem.

Und los geht es.

In bedächtigen Sprüngen und Zügen belauern sie einander. Türme in gerader Linie. Läufer diagonal. Als sie beim Ziehen eines Springers einen Fehler macht, ergreift er ihre Hand.

»Nicht so! Das weißt du doch, oder?«

Sie nickt und nimmt die Hand schnell weg.

»Hoppedihopp, du kannst es ja! Und ich mach das!«

Er folgt ihr mit dem schwarzen Läufer. »Der hat genau so ’n Meckermaul wie deine Aufpasserin, siehst du?«

Sie kichert, denn es stimmt.

»Und jetzt los, schlag mit deiner Dame zu.«

Sie zögert.

»Kannst du mit einer Klaue plattmachen!« Der Matrose grinst.

Klaue? Das Wort trifft sie wie ein Hieb. Rasch verbirgt sie die Hand in den Rockfalten.

»ICH MUSS GEHEN.«

Sie schiebt ihre Tonne zurück und trampelt davon. Er ruft ihr etwas nach, aber sie hört nicht hin.

Oben wartet schon die brave Dame Morsegat mit der Pinzette. Heute ist Enthaarungsabend. Eine ziemlich schmerzhafte Prozedur, aber Prinzessinnen müssen nun einmal haarlose, glatte Haut haben. Das Mädchen beißt die Zähne zusammen und schaut zum Fenster hinaus.

Der Strand ist leer, wahrscheinlich liegt der Matrose bereits auf seinem Mehlsack. Auf der Kiste ist noch das Brett, die Figuren stehen genauso da wie vorhin, als sie wegging.

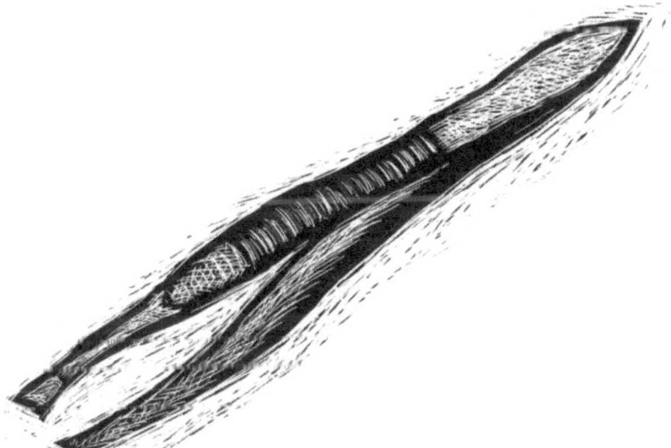

Klick-klick-klick macht die Pinzette. Härchen rieseln auf den Boden.

In den Haarbälgen unter ihrer Haut beginnen gleich nach dem Ausreißen neue Haare zu sprießen.

Feuer

Sie haben nicht wieder Schach gespielt, und jetzt ist es auf einmal Sonntag. Morgen früh kommt das Versorgungsboot, das den Matrosen mit an Land nehmen soll. Das Mädchen stickt unordentlicher denn je und scheint nicht einmal die einfachsten Rechenaufgaben zu begreifen.

Unten am Strand brennt ein Feuer, und der Matrose steht im Wasser und fischt Krabben.

»Ein Abschiedsessen«, hat er gesagt. »Als Dank fürs gute Kümmern.«

Mit einer Schnur, an die ein Stückchen Fisch gebunden ist, lockt er die Tiere eins ums andere an die Oberfläche. Sie versuchen, ihn mit ihren Scheren zu zwicken, aber er lacht nur und wirft sie in den Topf, wo sie zornig zischen.

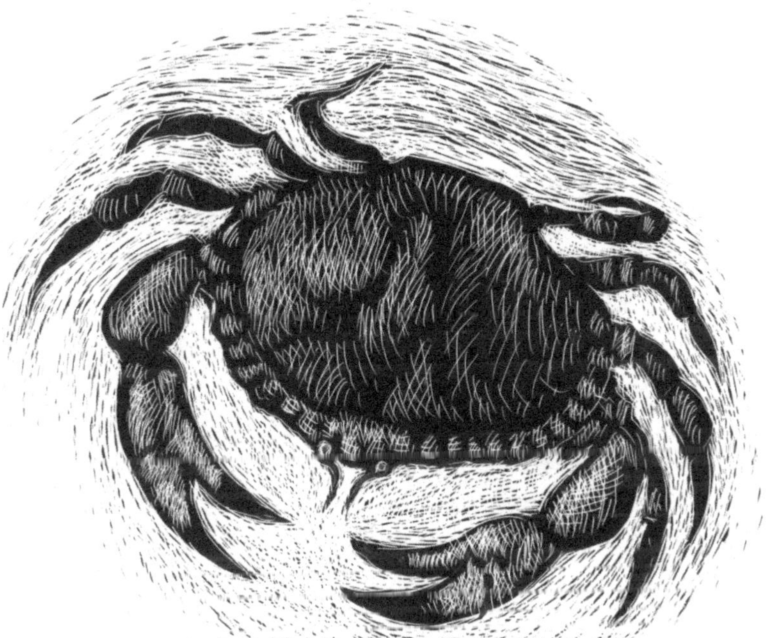

»Sehr freundlich von ihm«, sagt die brave Dame Morsegat säuerlich. Sie ist nicht erpicht auf das Essen. »Ekliges Viehzeug voller Sand, das außerdem viel zu viele Kalorien hat, Prinzessin. Danach müssen wir uns eine Woche lang mäßigen.«

Das Mädchen nickt zerstreut. Von draußen weht Rauch herein. Und Fischgeruch. Die brave Dame Morsegat redet indessen weiter.

Am Abend nimmt die Dame nur kleine Happen vom Festmahl und rutscht unbehaglich auf ihrer sandigen Tonne herum.

»Es wird schon dunkel, Prinzessin. Wir müssen an Ihre Nachtruhe denken.«

»EIN KLEIN WENIG NOCH?« Das Mädchen lutscht an einer Krabbenschere. Dass etwas, das hier im Meer herumschwimmt, so fein schmecken kann, hätte sie nicht gedacht. Schön salzig und auch ein bisschen nach Schwermut.

»Noch lange nicht! Der Abend hat doch grade erst angefangen.« Der Matrose deutet zum Himmel. »Guckt euch den Mond an, Leute!«

Sie heben den Blick. Vom weiten schwarzen Himmel

schaut der Mond freundlich zurück. Der Matrose singt leise das Lied von den sieben Meeren:

»Das Schwarze ist nicht schwarz,
das Rote ist nicht rot.
Das Stille ist nicht still,
dort heult der Wind allzeit.
Doch das Große, ja, das Große,
das Große ist so groß,
das Große ist so weit …«

»Ich gehe zu Bett.« Die brave Dame Morsegat klopft sich den Sand vom Kleid. »In zehn Minuten erwarte ich Sie oben, Prinzessin.«

Das verkohlte Holz glüht im Dunkeln. Der Matrose wirft noch einen Ast dazu.

»Wie ist das nun genau mit diesem Prinz?«, fragt er plötzlich.

Das Mädchen wird tiefrot. Ein Glück, dass es dunkel ist.

»Kommt der echt?«

»ABER SICHER«, murmelt sie. **»EINES TAGES.«**

»Und dann?«

»DANN, DANN ...« Ja, was eigentlich? Oft schon hat sie es sich nachts im Bett vorgestellt. Ein echter Prinz, der sich nicht von dem Monster abschrecken lässt, der sie so liebt, wie sie ist. Und dann ein Kuss ...

Reißt ihr Monsterleib dann auf, und sie tritt als schöne Prinzessin heraus? Oder schmilzt er von ihr ab wie Kerzenwachs? Passiert es durch Zauberkraft, mit einem Blitz und einem Knall?

Mit dem lebendigen Matrosen neben sich kommt ihr das alles absonderlich vor. Und sehr unwahrscheinlich. Wie in einem Märchen.

Eine Zeit lang blicken sie stumm in die Flammen.

»WAS IST STURMFLUCH?«, fragt das Mädchen schließlich.

Die Zähne des Matrosen blitzen im Dunkeln auf.

»Das ist ... war unser Schiff. Das beste überhaupt. Das heißt ... bis der dreckselende Sturm es auf den Meeresgrund geflucht hat ...« Er seufzt. »Aber ich find schon ein neues, wenn's mein Arm wieder tut. Schiffe gibt's genug. Was ist: Kommst du morgen mit?«

»MIT?« Sie erschrickt. Was für eine Frage!

»Das Meer ist viel größer als das bisschen, was du hier siehst, Prinzessin. Da ist Platz für alles. Das Stille, das Schwarze … die Weißen Klippen …«

»DIE WEISSEN KLIPPEN?« Sie lässt sich den Namen auf der Zunge zergehen.

»Weit weg sind die, ewig weit weg. Aber egal. Wir haben alle Zeit der Welt.«

Sie schüttelt ihren großen Kopf. **»DAS GEHT NICHT.«**

»Warum nicht? Wegen deiner Sticklappen etwa? Dieser Prinz kommt eh nie.«

Wütend sieht sie ihn an. **»UND OB! UND OB ER KOMMT … WENN …. ICH EINES TAGES … DAFÜR BEREIT BIN, WENN …«**

»Kann gut sein, du bist nie bereit«, sagt der Matrose.

Sie könnte ihn mit einer Klaue plattmachen. Aber sie tut es nicht.

Sie ist eine Prinzessin.

Die Eltern winkten der kleinen Prinzessin Lebewohl – immerhin. Im Morgengrauen vom Steg hinter dem Palastgarten aus. Niemand sonst sah sie abreisen.

Das Boot des verlässlichen Herrn Marabu wäre um ein Haar gekentert, als sie an Bord stieg. Die neue Gouvernante passte gerade noch neben sie auf die Sitzbank.

Das Mädchen ließ den Blick übers Wasser schweifen. Sie hatte ein wenig Angst, schließlich kannte sie nur das Palastinnere.

»WARUM DARF ICH …«, begann sie. Sprechen hatte sie gelernt, vor allem aber, dass sie still sein musste. **»DARF ICH NICHT EINFACH HIERBLEIBEN?«** Dieser Satz war ihr die ganze Nacht durch den Kopf gegangen, und jetzt endlich wagte sie ihn auszusprechen. Sie hatte befürchtet, ihr Vater könnte böse werden.

Und das wurde er auch. »Wir haben doch alles besprochen!«

»ABER WENN ICH … VIELLEICHT … ICH KANN DOCH NICHTS DAZU, DASS …«

»Liebe Güte, schrei nicht so!« Ihre Mutter presste sich die Hand an die Stirn. Schon wieder ein Migräneanfall. Vielleicht werden die jetzt weniger, dachte das Mädchen, wenn ich nicht mehr da bin.

»Das behauptet auch keiner, Mädchen. Ganz bestimmt nicht. Aber es ist nun mal entschieden, und wir halten es für das Beste.«

Sie winkten eine Weile, hörten aber damit auf, noch ehe das Boot außer Sicht war.

Boot

Der verlässliche Herr Marabu stellt Säcke und Kisten auf den Steg. Er ist der Bruder der braven Dame Morsegat. Früher seien sie die allerbravsten Kinder im ganzen Land gewesen, erzählt die Dame manchmal. Das merkt man heute noch: Sie geben einander zur Begrüßung kurz die Hand und nicken sich beim Abschied gemessen zu. Mehr wäre unsinnig.

Jeden zweiten Montag im Monat bringt der Herr Marabu neue Vorräte und nimmt den Abfall mit. Und jetzt auch den Matrosen. Vorsichtig setzt dieser seinen gesunden Fuß an Bord.

»Das Schachbrett kannst du behalten«, hat er zu dem

Mädchen gesagt. »Zum Üben. Für den Fall, dass wir uns mal wiedersehen.«

Wann sollte das sein?, denkt das Mädchen. Nie natürlich.

»Also bis nächsten Monat, Schwester.« Der verlässliche Herr Marabu nickt der braven Dame Morsegat zu. Dann wirft er den Motor an. Der raue Wind fährt unter die Röcke der zwei Frauen, der großen und der kleinen.

»Haben Sie dem Herrn Matrosen auch höflich Dankeschön gesagt?«, fragt die kleine. »Für alles, was er uns … äh … gelehrt hat?«

Die große nickt und versteckt die Klauen hinter dem Rücken.

»Ist schon gut«, sagt der Matrose. »Ohne euch wär ich krepiert. Drum auch danke.«

Das Mädchen will ihn nicht ansehen, macht es aber doch. Sie schaut direkt in seine großen braunen Augen. Er streckt den gesunden Arm nach ihr aus.

»Kommst du echt nicht mit?«

»Mit? Das Monster?«, ruft der verlässliche Herr Marabu. »Damit mein armes Boot untergeht? Für die braucht es ein Frachtschiff mit Stahlbug.« Er lacht über seinen eigenen Scherz, dann gibt er Gas und lenkt das

Boot aufs Meer hinaus. Sein schallendes Gelächter ist länger zu hören als der Motor. Aber nach einer Weile verstummt auch das, und sie hören nur noch die Wellen an den Strand klatschen.

»So, das war's also«, sagt die brave Dame Morsegat. »Wir gehen zur Tagesordnung über, Prinzessin.«

Sie laufen den Weg zurück, zum Turm auf dem Inselchen mitten im Meer. So schrecklich weit weg von allem.

Gebuld

Das Mädchen arbeitet mit kleinen Kreuzstichen am letzten G. Ein Blümchen noch zur Verzierung, dann ist sie fertig. Und das Tuch kann zu den anderen in den Schrank.

Die brave Dame Morsegat nickt zufrieden. »Welchen Spruch sticken wir als Nächstes, Prinzessin? Mir würde ENDE GUT, ALLES GUT gefallen. Was meinen Sie?«

Sie hustet, weil sie sich letzten Sonntag an dem stinkigen Feuer erkältet hat. Das Mädchen musste die ganze Woche allein spazieren gehen, was ihr aber nichts ausmacht.

Als sie das Zimmer verlässt, knallt ihr Kopf an den Türrahmen. Schon wieder ist sie gewachsen. Wann hört das endlich auf?

Am Strand sind noch überall seine Spuren zu sehen. Kleine Löchlein von den genagelten Sohlen und große Löcher vom Gehstock. Um die ausgebrannten Reste des Lagerfeuers liegen die Tonnen, und auf Bills Kiste steht das Schachbrett mit den Figuren. Sie hat es nicht angefasst, hat nicht geübt. Wozu auch? Sie wird ihn ja doch nie mehr wiedersehen. Und es kann ihr auch egal sein.

Sie will auf den Weg zurück, doch mit einem Mal laufen ihre Füße wie von selbst über den Strand weiter. Auf seinen Spuren. Sie stampfen mittendurch und machen sie unkenntlich.

Fort damit!, denkt sie. Er wird ihr ganz bestimmt nicht fehlen. Hoffentlich ist er ersoffen, wäre gerade recht. Sie kickt eine Ladung Sand über das verkohlte Holz und die herumliegenden leeren Krabbenscheren.

Fort mit dem Schaden!

Dann rafft sie die Figuren vom Brett, geht zur Strandlinie und wirft sie nacheinander ins Meer, so weit sie kann. Sie wirbeln durch die Luft und plumpsen sachte ins Wasser. Der schwarze König, die Dame. Danach der Läufer mit dem Meckermaul. Dann alle Türme und Springer. Der weiße König.

Dieser Scheißkackenprinz kommt natürlich nie! *Wusch!* Fort ist er!

Am Ende packt sie das Brett und holt Schwung.

Weit vom Strand klatscht es aufs Wasser und treibt dann auf den Wellen davon.

Hölle, Arsch und Donnerschlag!

Sie dreht sich um und sieht, dass noch ein schwarzer Turm auf der Kiste steht. Und dahinter der hohe Turm, in den man sie geschickt hat, vor hundert Jahren.

»Wirklich nicht für lange«, hatte ihr Vater gesagt. »Gib dir Mühe, dann vergeht die Zeit im Nu. Ehe du dich's versiehst, kommt der Prinz und holt dich ab.«

Niemand ist gekommen. Nur der Matrose, und das war ein Zufall.

Auf einmal fehlt er ihr doch. Und sie will die Figuren wiederhaben. Will auf seiner Tonne sitzen und sein Spiel spielen.

»HALT!«, ruft sie. **»GIB SIE ZURÜCK, MEER!«**

Sie trampelt zum Flutsaum, zieht die Schuhe aus und platscht in die Wellen. Den weißen König entdeckt sie sofort, der Brave-Dame-Läufer treibt auch vorbei, die anderen Figuren aber sind nicht zu sehen. Sie schaut und sucht und wühlt im Wasser, aber es ist so leer wie der Strand ohne den Matrosen. Und es dehnt sich bis zum Horizont.

Sie watet ins Wasser hinein, es wird tiefer und tiefer. Kühl ist es. Und so wie letzte Woche macht es sie leichter. Ihre Füße lösen sich vom Grund, und auf einmal schwimmt sie.

Sie schwimmt, und je weiter sie schwimmt, desto gleichgültiger wird sie.

Als sie sich umblickt, wirkt alles hinter ihr klein, fast schon nichtig. Sogar der hohe Turm. Auch wenn dort jemand ruft: »Prinzessin, was machen Sie? Prinzessin, kommen Sie zurück!« Die Worte verwehen im Wind.

Ist sie überhaupt eine Prinzessin?

Im Grunde weiß sie nicht, was sie ist. Ein Mädchen, ein Monster, vielleicht ist sie ein Boot oder ein Fisch

oder ein anderes Meerestier. Etwas, das immerzu weiterschwimmen kann, ohne müde zu werden.

Sie lässt sich von den Wellen wiegen, taucht hinein und heraus, streift den Rock ab, was strengstens verboten ist, und löst ihr Korsett, was auch nicht sein darf.

Wie eine große rosa Qualle mit Knöpfen treibt es davon.

Sie holt tief Luft und streckt sich. Im Wasser ist Platz, sie prallt nirgendwo dagegen.

Ein Stück noch, denkt sie. Ein kleines Stück. Dann kehrt sie ganz bestimmt um. Vielleicht schafft sie es noch rechtzeitig zum Tee.

Über ihr segeln Möwen, unter ihr schwimmen Fische. Hier ist Platz für alles.

Das Große, das Große singt der Matrose in ihrem Kopf. *Das Große ist so weit.*

In der sonnenglitzernden Ferne meint sie etwas zu sehen. Ein Schiff, das sich nähert. Einbildung natürlich, und doch sieht sie es: Einen Moment lang ist es da, dann weg, dann wieder da.

Da kommt er, denkt sie. Endlich. Heute also ist der Freudentag.

Sein Segel so weiß wie seine Zähne. Soll sie winken? *Hierher, Prinz!*

Aber sie ist pitschnass und nicht vorzeigbar. Und noch immer viel zu groß und zu haarig. Und überdies halb nackt ... Sie winkt nicht.

Was soll's, denkt sie. Das braucht es nicht. Ich brauche keinen Prinzen mehr.

»Hojo, Prinzessin!«, schallt eine Stimme übers Wasser. Das Schiff hält auf sie zu, es ist ein Frachtschiff, sieht sie, mit einem stabilen Stahlbug.

Jemand beugt sich über die Reling und winkt.

Hoch oben am Mast ist eine Flagge befestigt.

Als das Schiff herangekommen ist, kann sie lesen, was daraufgestickt ist:

GEBULD IST EINE TUGEND.

Schaap, Annet:
Mädchen
ISBN 978 3 522 18607 0

Aus dem Niederländischen von Eva Schweikart

Gesamtausstattung: Annet Schaap
Einbandgestaltung: Suse Kopp
Innentypografie: Bettina Wahl
Reproduktion: DIGIZWO GbR, Stuttgart
Druck und Bindung: GGP Media GmbH, Pößneck

FSC
www.fsc.org
MIX
Papier | Fördert gute Waldnutzung
FSC® C014496

Originaltitel: de Meisjes

In einem Land nach unserer Zeit

THIENEMANN

Marie Pavlenko

Die Welt, von der ich träume

176 Seiten · Gebunden
ISBN 978-3-522-18557-8

In einer fernen Zukunft ist die Welt zur Wüste geworden. Samaa hat einen Traum. Sie will sich den Jägern anschließen, die nach den letzten überlebenden Bäumen suchen. Heimlich folgt sie einer Expedition. Doch dann stürzt sie in ein tiefes Loch, aus dem sie sich nicht befreien kann. Hier gibt es eine Quelle und ein großer Baum spendet ihr Schatten und Trost.. Je größer ihre Not, desto mehr begreift Samaa: Bäume bedeuten Leben.

Lieblingsbücher fürs Leben.
www.thienemann-esslinger.de